MERLINO SCEGLIE UN FAMIGLIO

LE AVVENTURE MAGICHE DI MERLINO
LIBRO 1

MOLLY FITZ

TRAMA

Mi chiamo Gracy Springs e non ho poteri magici... ma il mio gatto invece sì. Ho avuto i primi sospetti quando l'ho visto rimanere in aria un po' troppo a lungo mentre inseguiva un pettirosso in giardino e ne ho avuto la certezza quando mi ha chiamata per nome!

Qual è stata la prima cosa che mi ha detto? Che non gli piaceva il nome che gli avevo dato, Morbidone, anche se gli calzava alla perfezione, come un maglione caldo il giorno di Natale. Ora lo chiamo Merlino, nome che a suo dire fa riferimento alle sue nobili e antiche ascendenze.

Dopo aver chiarito la questione del nome mi ha detto che non dovrò mai svelare il suo segreto o rischierò di trascorrere il resto della vita in una prigione magica. Ho accettato, senza sapere che coprire le sue tracce e tirarci fuori dai guai sarebbe diventato un lavoro a tempo pieno.

Quando il mio capo alla caffetteria è morto, la situazione è passata da difficile a praticamente impossibile... soprattutto perché i miei colleghi sembrano credere che sia io la responsabile.

Non mi resta che sperare che il mio gatto usi i suoi poteri per tirarmi fuori da questo pasticcio, perché ora come ora sembra che verrò maledetta se rivelerò il suo segreto a qualcuno e accusata di omicidio se non lo farò. Che guaio!

NOTA DELL'AUTORE

Ciao e grazie per aver scelto questo libro! Anche a te piacciono i cozy mystery con una buona dose di umorismo? Allora saremo ottimi amici!

Cosa ne dici, intanto, di tenerci in contatto sulla mia pagina Facebook? L'ho creata appositamente per i miei fantastici lettori italiani. Vieni a trovarmi su www.facebook.com/raccontimiciosi

Insieme ci divertiremo tantissimo. Gira pagina... e inizia l'avventura!

Ti aspetto nel magico mondo dei gatti.

MOLLY

1

Mi chiamo Gracy Springs e sono sempre stata una ragazza come tante altre. Lavoro come barista e studio sociologia. Ho superato tutti gli esami, ma non ho ancora trovato un buon argomento per la tesi, e non potrò laurearmi finché non lo troverò.

Oops.

Vivo a Elderberry Heights, una piccola città nel sud della Georgia, e questo nome le calza a pennello, considerando che la maggior parte dei miei vicini ha superato la settantina[1]. La casa in cui abito apparteneva a mia nonna Grace,[1] che ha deciso di trasferirsi a sud, in una lussuosa residenza per pensionati nelle Florida Keys.

La nonna mi ha lasciato la casa in cui ha cresciuto mio padre e i miei zii; mi ha detto che si trattava di un anticipo sull'eredità e che, comunque, sono sempre stata la sua nipote preferita, e non soltanto perché abbiamo lo stesso nome.

Ha lasciato qui anche i mobili e tutto il resto, il che significa che ho almeno una trentina di centrini fatti all'uncinetto, e che il salotto è arredato con divani marroni a fiori e tavolini in rovere color miele. E io non ho il coraggio—né i soldi—per apportare dei cambiamenti.

Nonna Grace mi ha lasciato anche il gatto randagio che si è presentato alla sua porta solo pochi giorni prima che lei si trasferisse e subentrassi io. Il veterinario ha detto che è un Maine Coon. Io dico che è più grande di quanto un gatto dovrebbe mai essere, soprattutto considerando la voluminosa pelliccia striata e gonfia che lo fa sembrare una vera e propria palla di pelo.

Suppongo che sia per questo che l'ho chiamato Morbidone.

Occuparmi di un gatto che non volevo è un prezzo davvero piccolo da pagare per una casa gratis, e con il tempo ho iniziato ad affezionarmici. Non è esattamente un coccolone. In realtà, ogni volta che ho provato a prenderlo in braccio ha cercato di graffiarmi a sangue. E ci è riuscito due volte.

Ho smesso di provarci, ma se sto seduta, immobile, e fingo di non interessarmi a lui, a volte mi si accovaccia in grembo. Una volta si è perfino messo a fare le fusa.

Morbidone ama mangiare e spesso assaggia quello che mi preparo per cena. Gli piace anche correre avanti e indietro lungo i corridoi nel cuore della notte come se fosse posseduto.

Non avevo intenzione di lasciarlo uscire di casa e andare a zonzo a suo piacimento, ma è talmente bravo a scappare che, alla fine, mi sono convinta a installare una gattaiola in modo da non doverci più pensare.

E questo mi porta dritto a ciò che è accaduto questa mattina...

Ero in ritardo per il lavoro: i consigli della mia youtuber di make-up preferita su come truccarsi erano più facili a vedersi che a farsi. Alla fine mi sono lavata la faccia e ho optato per ombretto scuro e lucidalabbra. Così imparo a fare questo genere di esperimenti a ridosso dell'orario di lavoro, soprattutto considerando che quello spilorcio del mio capo approfitta di qualsiasi scusa per ridurmi lo stipendio.

È ancora furioso perché una nota catena di caffetterie ha aperto un nuovo punto vendita a un paio di isolati di distanza, riducendo drasticamente i profitti del suo locale. Ma è anche troppo testardo per ammettere la sconfitta, motivo per cui non ha licenziato nessuno, ma ha ridotto l'orario a tutti e ora cerca ogni genere di scusa per pagarci meno del dovuto.

Proprio un bel tipo, il mio capo!

In ogni caso, non avevo più visto Morbidone dal momento della colazione e volevo accertarmi che fosse tutto a posto prima di uscire.

«Morbidone! Morbidone! Vieni qui, micino!» chiamai schioccando la lingua. Ma lui non arrivò di corsa. Non lo faceva mai. Stava sempre a me trovarlo.

Guardai sotto il letto, dietro il divano e fuori dalla finestra.

Infine lo vidi, il sedere in aria e il muso a terra nella classica posizione che precede un balzo. Dall'altro lato del cortile, un ignaro pettirosso tentava di farsi il bagno nella vasca per uccelli in pietra fatta installare dalla nonna, con le poche gocce non ancora evaporate a causa dell'intenso sole estivo.

Il posteriore di Morbidone ondeggiava.

Spiccò il salto, ma il pettirosso lo vide arrivare e volò via.

Morbidone lo inseguì.

Ma non con un normale balzo da gatto: sembrava un minuscolo atleta felino in procinto di fare una schiacciata a canestro con il pallone da basket. Su, e ancora su, all'inseguimento del volatile spaventato. Doveva essere arrivato a due metri d'altezza e continuava a salire ancora e ancora, sempre più in alto.

Proprio allora girò la testa nella mia direzione e mi vide. I suoi occhi verde smeraldo si fissarono dritti nei miei e, per un istante, rimase bloccato a metà del balzo, sospeso nell'aria.

Poi si voltò di nuovo e quel movimento improvviso ruppe l'incantesimo. Morbidone cadde di schianto a terra e sparì alla vista, lasciandomi lì a chiedermi: *Ma che diavolo è successo?*

Attribuii l'episodio del gatto che sconfiggeva la forza di gravità alla carenza di sonno e alla mia fervida immaginazione, e mi affrettai a raggiungere l'Harold's House of Coffee.

Pur ignorando i limiti di velocità e gli stop, arrivai con tre minuti di ritardo. Il capo in persona, il signor Harold, mi aspettava sulla porta del locale.

Si batté il polso con un dito, anche se non l'avevo

mai visto indossare un orologio, e sbraitò: «Quando imparerai? Tre minuti fanno tre dollari, e dato che questa settimana è già la seconda volta che arrivi in ritardo, la detrazione è raddoppiata.»

Sbuffai e lo oltrepassai per andare a timbrare il cartellino.

«Gracy! Mi stai ascoltando?» domandò arrancando dietro di me come un anatroccolo impazzito.

«Sì. Mi sta scalando sei dollari per tre minuti di ritardo, anche se il locale è deserto e lei ci dà solo lo stipendio minimo. E solo perché è obbligato a farlo per legge. Tra non molto sarò io a pagare lei per il piacere di starmene qui a far niente mentre i clienti se ne vanno a spassarsela al *Mermaid's Brew* in fondo alla strada. Le sembra un riepilogo corretto della situazione?»

Il viso di Harold si fece paonazzo: «Che razza di insolente!» gridò. «Se formare un nuovo dipendente non costasse così tanto, ti ritroveresti senza lavoro all'istante. Per te è una vera fortuna che io—»

Fece un passo indietro, scosse la testa e ci riprovò: «Stammi a sentire, Gracy. Sei fortunata che—»

Non riuscì a dire altro: si accasciò a terra con un rantolo. Da rosso di rabbia a bianco come un cadavere nel giro di pochi secondi.

«Harold, Harold!» gridai, inginocchiandomi per controllare se respirasse ancora.

Ma non respirava.

Gli afferrai il polso per controllare il battito.

Niente.

Accidenti!

2

l mio capo era appena caduto a terra stecchito davanti a tutti—o meglio, davanti a un paio di colleghi e una cliente seduta in un angolo, intenta a sorseggiare un caffè freddo. Anche se non c'era battito, provai ugualmente a rianimarlo. Ma Harold era già morto.

«Chiamo l'ambulanza» gridò Kelley, l'ultima barista assunta, da dietro al registratore di cassa.

Drake, il responsabile dei turni, si precipitò alla porta, girò l'insegna su CHIUSO e abbassò le tapparelle.

«Sono spiacente, signora» dissi all'unica cliente. «Dobbiamo chiederle di andare via subito. Se ha la carta fedeltà, posso darle un paio di punti in omaggio per scusarci per il disturbo.»

Se Harold fosse stato ancora vivo mi avrebbe licenziata, considerata la sua propensione a spillare ogni centesimo sia al personale che ai clienti. Ma suppongo che, ormai, la cosa non avesse più importanza.

La donna bevve un lungo sorso di caffè freddo fissandomi con i suoi grandi occhi verdi, poi buttò il bicchiere nel cestino, raccattò le sue cose e se la squagliò in tutta fretta. Non potevo biasimarla.

Kelley mi raggiunse di corsa e si fermò al mio fianco, senza dare segno di volersi scollare da me: «L'ambulanza sta arrivando.»

«Poco importa, l'idiota ha già tirato le cuoia» disse Drake con una smorfia.

«Non parlare a quel modo!» strillò Kelley portandosi una mano al petto. «È appena morta una persona!»

«Probabilmente ha avuto un attacco di cuore» dissi stringendomi nelle spalle. «È una cosa triste, ma succede di continuo. Harold non era propriamente in ottima forma, tra l'altro.»

«Già» commentò Drake con una risatina sarcastica, incrociando le braccia e appoggiandosi con la schiena al bancone. «Avrà fatto una bella fatica a tirare avanti con quel cuore di pietra che si ritrovava.»

Strinsi le labbra in una linea dura. Anche se

concordavo con la valutazione di Drake, era stato terribile assistere alla morte di Harold. Se ci aggiungiamo l'incertezza sul mio futuro lavorativo, quella giornata si era rivelata pessima su tutti i fronti.

Qualche ficcanaso già guardava dentro dai bordi delle finestre dove le tapparelle, un po' troppo corte, lasciavano uno spiraglio per sbirciare all'interno. A un certo punto, nonostante l'insegna indicasse chiaramente che il locale era chiuso, qualcuno bussò. Drake batté i pugni sulla porta, gridando minacce al potenziale cliente.

Decisi di concentrarmi sul lavoro, anche se non c'era nessuno a cui preparare il caffè. Pulii i tavoli e il bancone, pregando che l'ambulanza arrivasse al più presto. C'era qualcosa di inquietante nel trovarsi chiusi lì dentro con un cadavere.

Immaginavo che anche Drake si sentisse allo stesso modo, perché continuava a camminare avanti e indietro mormorando qualcosa fra sé.

Quando finalmente arrivarono i soccorritori, Kelley si era seduta su una delle morbide sedie del locale e singhiozzava sommessamente con le ginocchia strette al petto.

Poiché gli altri non sembravano in grado di farlo, fui io ad accogliere i paramedici e la poliziotta, richiudendo a chiave la porta alle loro spalle dopo che furono entrati.

«È laggiù» annunciai accompagnandoli sul retro, dove si trovavano il piccolo ufficio di Harold e la stanzetta in cui il personale appendeva i cappotti e timbrava il cartellino.

Il povero Harold giaceva disteso sulla schiena, con la testa abbandonata contro il muro e il collo piegato in una posizione anomala. Una delle mani era appoggiata sul petto, mentre l'altra penzolava al suo fianco. Il volto aveva già iniziato a perdere colore, conferendogli quell'aspetto cereo che nessuna quantità di trucco postmortem sarebbe riuscita a nascondere.

I paramedici si chinarono per esaminare il corpo. La poliziotta invece restò al mio fianco: «C'è un posto tranquillo in cui possiamo parlare?» chiese. La sua espressione non lasciava trapelare nulla.

«Certamente.» Le feci strada fino a un separé in un angolo della caffetteria, una reliquia risalente a quando, tempo prima, il negozio preparava e vendeva frittelle.

«Desidera un caffè o qualcos'altro?»

Lei scosse il capo e indicò la targhetta sull'uniforme: «Sono l'agente Dash. Lei è?»

«Mi chiamo Gracy. Gracy Springs.»

Estrasse un taccuino dalla tasca, si leccò il dito e

lo sfogliò fino a trovare una pagina bianca; poi estrasse una piccola penna dalla rilegatura e la appoggiò sul foglio. «E lavorava per il deceduto?»

«Sì. Da qualche mese.»

L'agente Dash prese nota, accigliata.

«Perché dovrebbe essere rilevante?» chiesi tamburellando con le dita sul tavolo.

«Mi annoto i fatti nel caso abbia bisogno di revisionarli più tardi.»

«E questo cosa significherebbe?»

Lei mi fissò con un sopracciglio sollevato: «Ha mai sentito dire 'innocente fino a prova contraria'?»

Annuii.

«Beh, in questo caso partiamo dal presupposto che quel poveraccio sia stato assassinato, finché non verrà dimostrata la morte per cause naturali. Non possiamo dare per scontato che non si sia trattato di un omicidio perché, se aspettiamo il resoconto del medico legale, ci perdiamo la possibilità di indagare sulla scena del crimine.»

La mia mente vorticava. Non era assolutamente possibile che Harold fosse stato assassinato. Tuttavia...

«Aspetti» borbottai, folgorata da un pensiero terrificante. «Non penserà che io abbia qualcosa a che fare con l'accaduto, vero?»

L'agente Dash fece una smorfia: «Da quello che ci è stato detto, era in corso una lite piuttosto accesa fra lei e il deceduto subito prima della morte.»

«Sì, ma non può certo—»

«E queste liti erano frequenti?»

«Sì, ma io non—»

«Ok, Gracy Springs. Farà bene a sperare che Harold sia morto per un attacco di cuore, un aneurisma o un qualche altro tipo di tragica causa naturale. In caso contrario si troverà in cima alla lista dei sospettati.»

3

Tornai a casa fisicamente esausta e psicologicamente devastata. Era successo tutto così in fretta dopo che Harold si era accasciato a terra! La gravità delle implicazioni delle parole dell'agente Dash non mi fu davvero chiara finché non riuscii finalmente ad andarmene dalla caffetteria e mettermi al volante per tornare a casa. Ora che avevo tempo per riflettere, la mia mente era affollata di domande. Perché l'agente Dash era così sicura che si trattasse di omicidio? E, cosa ancora più sconcertante, perché pensava che fossi stata io?

È vero, Harold non piaceva a molti, ma nessuno aveva motivo di ucciderlo, men che meno io. Perché mai avrei dovuto ammazzarlo, quando avrei potuto semplicemente licenziarmi e non rivederlo mai più?

L'intera faccenda mi dava la nausea... e mi terrorizzava. L'unica cosa che desideravo era svegliarmi da quell'incubo orribile e tornare alla mia (seppur un po' piatta) vita.

Indossai il mio pigiama di flanella preferito—anche se era pomeriggio e fuori c'erano ventisette gradi. A volte mi mancava la cittadina del Michigan in cui ero nata, dove le giornate fredde erano ben più frequenti di quelle calde; in quelle occasioni, lì in Georgia, il pigiama—con l'aiuto di un ventilatore da tavolo perennemente surriscaldato—mi aiutava a placare l'ondata di nostalgia di casa.

In quel momento volevo mia madre. Non importava che fossi una ragazza indipendente che aveva ormai superato i vent'anni. Mi sentivo ferita e avevo paura. E il fatto di essere adulta non significava che non potessi rivolgermi a mia madre in caso di bisogno...

Tuttavia, il fatto che non rispondesse al telefono quando provai a chiamarla significava esattamente quello. Riattaccai anziché lasciare un messaggio in segreteria, poi le scrissi chiedendole di richiamarmi appena possibile.

Morbidone miagolò e saltò sul divano accanto a me. Gli fremevano le vibrisse mentre cercava di capire se avessi a portata di mano qualcosa di buono da mangiare. Non trovando cibo, affondò i denti nel bordo della manica del pigiama ed emise un verso sommesso.

«Buona idea» dissi. «Oggi ci serve proprio del gelato.»

Misi un po' di gelato alla vaniglia, il nostro gusto preferito, in una delle scodelle che usavo meno di frequente, poi presi un cucchiaio e la vaschetta e tornai sul divano. La scodella era per Morbidone. A me serviva l'intero contenitore!

Mentre mangiavamo, iniziai a raccontargli gli eventi della giornata: «Quella poliziotta è stata così meschina» piagnucolai. «Perché mai dovrebbe dare per scontato che abbia ucciso io il mio capo? È stato terribile. Un'esperienza bruttissima. Vedere gli occhi di quell'uomo spegnersi e diventare privi di vita. Non credo che riuscirò mai a dimenticarmene.»

Morbidone si rizzò a sedere e inclinò la testa. Certe volte, in momenti come quello, avevo la sensazione che capisse ciò che gli dicevo.

«Miao?» chiese il Maine Coon.

«Oh, sì. Suppongo che dovrei raccontarti tutto dall'inizio, vero? Beh, si tratta del mio capo alla caffetteria, Harold. Stamattina è morto.»

«Harold è un nome orribile» disse Morbidone con voce stridula.

«Già. Non ho mai pensato che qualcuno—» Mi bloccai all'improvviso, chiusi la bocca e rimasi a fissare il micio per qualche istante. Ero davvero così sconvolta da avere le allucinazioni?

Risi di me stessa: «Che sciocca!» dissi espirando profondamente. «Ho pensato che mi stessi parlando, Morbidone.»

«Non mi chiamo Morbidone!» disse il gatto. Poi saltò sul tavolino da caffè e, da lì, sul divano di fianco a me. «Quindi non chiamarmi più così.»

«C-che co-cosa?» sbottai strofinandomi gli occhi fino a vedere piccoli puntini luminosi. «Vedo cose che non esistono! Non sta succedendo davvero!»

Morbidone schioccò la linguetta rasposa: «Intendi dire che *senti* cose che non esistono, ma non è così. Ti sto parlando davvero, Gracy.»

Saltai giù dal divano e mi misi a correre per il salotto: «Esci da lì! Esci, chiunque tu sia!» gridai ridendo istericamente, incerta su chi mi sarei trovata davanti. «Lo scherzo finisce qui. Ah ah, mi hai fatto credere che Morbidone mi stesse parlando. Ok, sono pazza. Hai vinto tu. Ora fatti vedere e ammettilo!»

Morbidone fece uno sbadiglio enorme, poi si sedette con le zampe ben sistemate sotto al corpo: «Ti stai comportando come una pazza. E ti ho già detto che non mi chiamo Morbidone, quindi per favore potresti smetterla di chiamarmi a quel modo?»

Sussultai e mi gettai a terra prima di svenire e cadere sul pavimento facendomi male. «Non sta succedendo davvero. Non sta succedendo davvero» mi ripetevo. Mi stavo comportando proprio come Kelley quando si era seduta su quella sedia nella caffetteria, dondolandosi avanti e indietro.

«Che cosa non sta succedendo davvero?» chiese Morbidone saltando giù dal divano e avvicinandosi a me.

«Tu non parli!»

«Io parlo ma, a quanto pare, tu non sei granché come ascoltatrice.»

«Intendi farmi del male?»

«Naturalmente no. Mi dai da mangiare, ho bisogno di te. Voi umani siete proprio degli sciocchi!»

«Cosa vuoi da me?»

«Il summenzionato cibo e che tu la smetta di chiamarmi Morbidone. Preferisco di gran lunga il nome che mi è stato dato dai miei avi, grazie.»

«Ehm... ok. E come dovrei chiamarti?»

«Il mio nome è Merlino e discendo da una lunga e nobile stirpe di maghi risalente niente meno che all'epoca di re Artù.»

«Sei... un mago?» chiesi inspirando bruscamente.

«Ma non mi dire» sbottò il mio gatto. A quel punto svenni sul serio.

4

Quando ripresi conoscenza l'oscurità era ormai calata. Vorrei poter dire di aver sperimentato un momento di beata inconsapevolezza riguardo agli eventi della giornata, ma non fu così.

Aprii un occhio... e mi ricordai che il mio capo era morto proprio davanti ai miei occhi e che ero una potenziale sospettata di omicidio.

E quando aprii l'altro occhio... mi ricordai che il mio gatto parlava e affermava di essere il discendente di una stirpe di maghi.

Accidenti! Volevo solo rimettermi a dormire e svegliarmi quando tutto fosse finito. Era troppo tardi per lasciare l'università e trasferirmi il più lontano possibile?

Beh, ora però ero sveglia e dovevo fare qualcosa. Non avevo idea di come comportarmi con il mio gatto e mi sentivo a disagio a trovarmi da sola con lui nella casa buia, così decisi di recarmi alla caffetteria per vedere se riuscivo a trovare qualcosa che potesse dimostrare la mia innocenza.

Per fortuna avevo una copia della chiave del locale per via delle molte occasioni in cui ero stata costretta a lavorare sia al turno di apertura che a quello di chiusura. Per precauzione parcheggiai sull'altro lato della zona commerciale, poi mi diressi lentamente verso l'Harold's House of Coffee ed entrai.

Un brivido mi attraversò mentre mi facevo strada verso il minuscolo ufficio sul retro con il solo aiuto della torcia del cellulare. Probabilmente non avrei dovuto trovarmi lì, ma di certo non avrei dovuto nemmeno essere accusata di un crimine che non avevo commesso. Forse dai documenti di Harold sarebbero emersi un'amante segreta o un rivale amareggiato. Esaminai i fogli delle presenze, una pila dopo l'altra, ma l'unica cosa che notai fu che, nonostante lavorasse al locale da meno tempo di me, Kelley guadagnava di più.

E quell'idiota di Harold mi aveva detto che il salario minimo era il massimo che poteva darci! Continuai a sfogliare i documenti contabili con le entrate e le uscite senza notare scostamenti rilevanti dai totali nel corso delle ultime settimane. Stavo per abbandonare la scrivania per passare allo schedario, quando un inquietante *clack-clack* risuonò fuori dalla porta dell'ufficio.

Mi immobilizzai e cercai di calmare il cuore che batteva all'impazzata.

«Ti prego, fa' che sia un topo. Fa' che sia un topo!» bisbigliai quando mi accorsi che sarebbe stato impossibile nascondermi alla vista di chiunque fosse entrato. Afferrai l'oggetto più grosso e contundente che riuscii a trovare, una pinzatrice, e sgattaiolai fuori dall'ufficio.

«Sei furtiva quanto un uccello con un'ala sola» disse una voce profonda e vagamente familiare proveniente dalle ombre.

Poi Morbidone—voglio dire, Merlino—fece un passo avanti, gli occhi verde chiaro che emanavano un inquietante bagliore sovrannaturale.

«Che cosa ci fai qui?» strillai con un filo di voce.

«So che sei uscita di casa per stare lontana da me» disse, la coda che ondeggiava in ampi movimenti alle sue spalle.

«Cosa?» dissi. «Non è... No, niente affatto. E comunque come sei arrivato fin qui?»

Sospirò; il suo fiato aveva uno sgradevole sentore

di latte stantio a causa del gelato che avevamo mangiato quel pomeriggio. «Usando la magia, mi sembra ovvio.»

«Oh, ok. E perché? Sono in grado di gestire le cose da sola, qui?» Senza sapere perché, quella frase mi uscì come una domanda anziché come un'affermazione. Suppongo che i miei poveri nervi fossero già abbastanza scossi per via la morte del mio capo e della scoperta che il mio gatto sapeva parlare.

«Certo che lo sei» mi schernì Merlino, facendosi beffe della mia presunta capacità di cavarmela. Poi scosse il capo e proseguì: «Ascolta, non mi interessa perché hai ucciso quell'Harold. Sono affari tuoi, non miei. Ma poiché ora sei il mio famiglio, devo chiederti di smetterla di correre rischi inutili.»

«Aspetta un attimo! Sono il tuo cosa?»

«Il mio famiglio. Tutti i maghi che si rispettino ne hanno uno e, modestia a parte, tu ti occupi di uno dei migliori.»

«Non voglio essere il tuo—»

«Troppo tardi! Ti ho rivelato il mio segreto, perciò ora siamo legati. Non c'è modo di tornare indietro.»

Ebbe anche il coraggio di sorridere mentre lo annunciava, felino irritante che non era altro!

Barcollai all'indietro in preda a un capogiro: «Mi

dispiace, ma è un po' troppo per me. E poi, io non ho ucciso Harold!»

«Naturalmente no.»

«Non sono stata io! Per questo sono venuta qui: sto cercando delle prove per capire chi potrebbe essere stato. Anche se la cosa migliore sarebbe che fosse morto per cause naturali.»

«Non è così che è andata» mi informò in tono pratico il mio gatto fiutando l'aria. «Percepisco rabbia e sentimenti negativi in questo luogo. Sono densi come smog.»

Sollevai un sopracciglio: «Oh, allora sai anche chi è stato?»

«Non ne ho la minima idea, ma probabilmente è meglio se lasci che sia la polizia a occuparsene. Avrai già parecchio da fare, ora che devi imparare da zero cosa implica essere un famiglio.»

«Non ne ho le forze» ribattei imbronciata ed emettendo un lungo sbadiglio.

Merlino mi toccò il piede con la zampa e un fiotto di energia mi attraversò il corpo—un'improvvisa botta di vita, più potente della carica che ti può dare un doppio espresso.

Fissai a bocca aperta il mio amico a quattro zampe: «Caspita, allora sei davvero un mago!»

«Sì, naturalmente.» Alzò gli occhi al cielo, un

gesto che nemmeno immaginavo che i gatti fossero in grado di fare. «Ah, e ovviamente non puoi dirlo a nessuno.»

«Non lo farò» promisi con le mani tremanti per la paura. «A chi mai dovrei dirlo?»

«Questo non mi riguarda» mi informò voltandosi per correre via. «Ma se lo dici a qualcuno verrai immediatamente teletrasportata nella più orribile, squallida e sporca prigione magica che sia mai esistita.»

«Oh...» Ora le mani mi tremavano ancora di più e la pinzatrice cadde a terra. Un forte clangore risuonò nella caffetteria vuota e il cuore quasi mi si fermò nel petto.

Il mio gatto tornò verso di me sogghignando: «Smettila di cincischiare. Ora che sei la mia assistente, le tue azioni si ripercuotono sulla mia reputazione e non vedo di buon occhio il fatto di essere messo in imbarazzo.»

Accidenti! Cosa era appena diventata la mia vita?

5

uando fummo di ritorno a casa, Merlino scomparve nell'oscurità, borbottando qualcosa su questioni magiche di cui doveva occuparsi, e dicendo che il mio addestramento da famiglio sarebbe proseguito il giorno dopo.

Mi lasciai cadere sul letto, esausta, pregando ardentemente che il giorno successivo le cose andassero diversamente.

La mattina dopo fui svegliata da un insistente bussare alla porta. Strizzando gli occhi per svegliarmi del tutto, mi resi conto che il sole splendeva già alto nel cielo. Di solito il mio gatto mi svegliava prima dell'alba pretendendo che gli riempissi la ciotola, ma quel giorno mi aveva lasciata dormire. Perché?

Toc toc.

E chi mai stava cercando di abbattere la porta di casa?

«So che è lì dentro!» strillò da fuori la sgradevole poliziotta che avevo conosciuto il giorno prima.

Sbuffai e mi alzai dal letto passandomi rapidamente le mani fra i capelli nel vano tentativo di domarli. Quando aprii la porta, l'agente Dash sbuffò ed entrò senza esitazioni.

«Oh, la prego, si accomodi» borbottai richiudendo la porta alle sue spalle.

«Vuole un caffè?» chiesi poi, dirigendomi verso la cucina con uno sbadiglio gigante, in modo che vedesse con i propri occhi quanto disturbo mi aveva arrecato.

«Si è appena svegliata, vedo» notò l'agente scuotendo il capo con disappunto. «Dorme sonni un po' troppo tranquilli per un'assassina. Suppongo che questo faccia di lei una psicopatica.»

Ignorai quell'insulto fuori luogo e mi sforzai di sorridere: «Vuole un caffè o no?»

L'agente Dash sollevò una mano: «Per me niente, grazie.»

Sospirai e le voltai le spalle per dedicarmi alla difficile impresa di recuperare la mia tazza preferita dalla lavastoviglie e infilare una cialda nella Keurig per preparare il caffè.

Quando tornai da lei un paio di minuti dopo, con la tazza stracolma di caffè stretta fra le mani, vidi che si era già accomodata al disordinato tavolo della cucina.

Posai la tazza e raccolsi gli articoli sparsi qua e là che avevo stampato per le ricerche per la tesi, impilandoli in modo approssimativo fuori dalla portata della poliziotta.

Lei attese che mi sedessi e bevessi un sorso prima di iniziare a bombardarmi di informazioni: «Il medico legale ha confermato che il signor Harold Harris è stato assassinato. Stiamo ancora aspettando gli esiti completi dell'esame tossicologico, ma potrebbe farci risparmiare parecchio tempo e lavoro se confessasse subito.»

Mi rifiutavo di cedere a simili provocazioni, a prescindere dall'insistenza con cui la poliziotta proseguiva con le sue false accuse. «Non ho ucciso il mio capo» dissi a denti stretti.

«Ma certo. È quello che dicono tutti.»

«Non so a chi si riferisca con 'tutti', ma io le sto dicendo la verità.»

L'agente Dash spalancò gli occhi e si chinò verso

di me in quella che pareva una tattica intimidatoria: «Se non è stata lei a ucciderlo, allora chi è stato? Eh?»

«Non ne ho idea. Io ero appena arrivata quando il signor Harris è crollato a terra, pertanto chiunque potrebbe essersi recato alla caffetteria ed essersene andato senza che io lo sappia. D'altra parte, non so nemmeno cos'è che l'abbia ucciso, quindi non sono nella posizione di fare delle ipotesi realistiche.» Ok, forse era un po' insensibile da parte mia parlare a quel modo, ma quella situazione mi stava stressando in modo eccessivo e, oltretutto, di primo mattino. Volevo solo che l'agente Dash accettasse il fatto che ero innocente e mi lasciasse in pace.

La sua frustrazione, invece, aumentò ancora e un rivolo di sudore le colò sulla fronte: «Ha ascoltato ciò che le ho detto? Esame tossicologico significa avvelenamento. Stiamo solo aspettando di conoscere tutti i dettagli.»

«Veleno, dice? Beh, Harold aveva praticamente sempre una tazza di caffè in mano. Spesso noi dipendenti facevamo battute sul fatto che avesse aperto la caffetteria per risparmiare sulla sua passione per il caffè.» Osservai la mia tazza con sospetto, poi decisi che nessuno poteva avermi avvelenato il caffè e bevvi un altro lungo sorso. Sapeva il cielo di quanta caffeina avevo bisogno per riuscire a portare avanti quella conversazione.

L'agente Dash estrasse dalla tasca il piccolo taccuino e schiacciò il tappino della penna per farne uscire la punta: «Noi? Noi chi?»

Accidenti!

«Oh, ehm. Solo gli altri che lavorano alla caffetteria. Drake e Kelley sono i due colleghi con cui faccio i turni di solito, ma so che ci sono anche altri dipendenti.»

Mi studiò con attenzione: «Quindi lei ritiene che uno dei suoi colleghi abbia avvelenato il signor Harris?»

«Non ho detto questo. Onestamente non ne ho idea. Sono sconvolta da questa faccenda tanto quanto lo sono tutti.»

«Se il veleno era nel caffè, allora i tre baristi di turno sono i sospettati principali perché avevano il movente e i mezzi» puntualizzò con un'alzata di spalle che parve molto innaturale.

Scossi il capo: «Non sto dicendo che sono stati Kelley o Drake. Kelley era terribilmente sconvolta.»

«E Drake?»

Anziché rispondere, bevvi un'altra lunga sorsata di caffè. Non volevo dimostrare la mia innocenza accusando qualcun altro e non c'era scritto da nessuna parte che dovessi stare al gioco meschino dell'agente Dash. Quando posai la tazza, lei mi stava ancora osservando minuziosamente.

Si alzò e spinse la sedia verso il tavolo: «Se scoprirò che il veleno era nel caffè, può star certa che tornerò qui di corsa a farle altre domande.»

«Non ho ucciso Harold, ma farò tutto il possibile per aiutarla a scoprire chi è stato» la sfidai senza fare una piega.

Lei sbuffò. «Anche questo lo dicono tutti» disse con un sorrisetto sarcastico. «Dirò al suo amichetto Drake che gli manda i suoi saluti.»

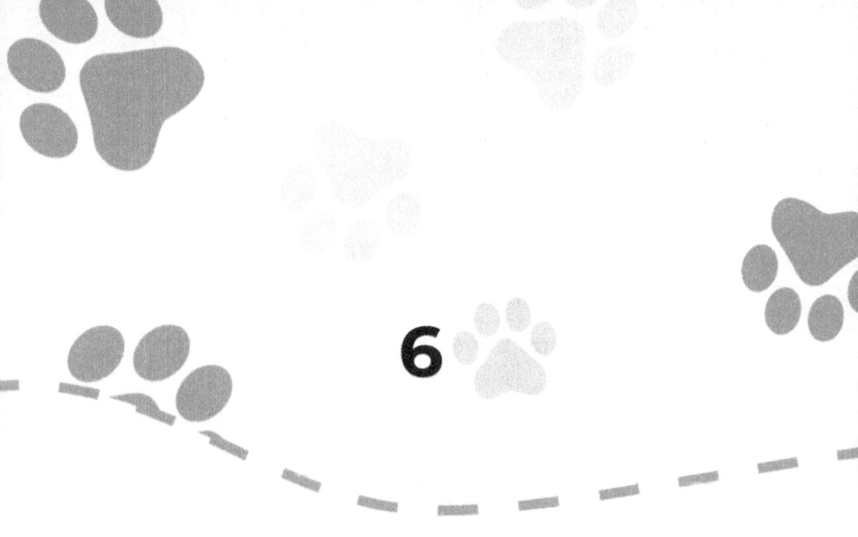

6

opo che l'agente Dash se ne fu andata, indossai un paio di jeans strappati e una maglietta pulita dal cassetto, inserii un'altra cialda nella macchina per il caffè e attesi che la bevanda fosse pronta. Prima che terminassi, Merlino entrò di corsa dalla gattaiola come se fosse posseduto.

«Vieni, non c'è tempo da perdere!» gridò correndo per la cucina in ampi cerchi con la coda rasoterra.

«Che succede?» chiesi con voce strozzata. Potevo anche aver iniziato ad abituarmi al fatto che il mio gatto parlasse, ma faticavo ancora parecchio a stare dietro alle sue sceneggiate.

Si fermò di colpo, si lasciò cadere su un fianco e ululò: «Sbagliato! Siamo entrambi morti.»

«Morti? Che stai dicendo?»

«Un famiglio deve sempre essere in sintonia con il proprio mago. Una reazione rapida può fare la differenza tra la vita e la morte, fra libertà e prigionia» mi rimproverò, comodamente disteso sul pavimento.

Mi strofinai gli occhi: «Devi darmi un po' di tempo per abituarmici. E per svegliarmi.»

Merlino scosse il capo e rise amaramente: «Ho fatto una pessima scelta, è evidente.»

«Insultarmi non mi farà imparare più in fretta» puntualizzai, mentre le ultime gocce di caffè cadevano nella tazza con un allegro *plip plop*. «In ogni caso, quando otterrò i poteri magici?»

Merlino scoppiò in una fragorosa risata, rotolandosi da una parte all'altra sul pavimento di linoleum della cucina: «Poteri magici? Tu? Oh, questa sì che è buona! Grazie, avevo proprio bisogno di farmi una bella risata.»

«Non sto scherzando. Mi hai costretta tu in questa situazione: il minimo che puoi fare è far sì che me ne derivi qualche beneficio.»

«Oh, mia piccola umana ingenua…»

«Gracy» gli ricordai. «Ho un nome. Sei pregato di usarlo.»

«Gracy» sbottò lui arricciando sgarbatamente il naso. «Saresti disposta a sceglierne un altro?»

Gli lanciai un'occhiataccia mentre si rialzava in piedi.

«E sia, vada per Gracy. E no, non otterrai poteri magici. Non spettano ai famigli.»

Si stava dimostrando ancora più fastidioso dell'agente Dash quella mattina: «Allora che cosa vuoi da me?»

«Oltre ai tuoi doveri precedenti, ovvero riempirmi la ciotola e pulire la lettiera, ora il tuo compito è essere il mio volto.»

Lo fissai impassibile.

«Cosa non ti è chiaro?»

Incrociai le braccia sul petto e sospirai: «Che diavolo significa *essere il tuo volto*? Non ha nessunissimo senso. Hai già un volto. Beh, un muso.»

«Ti racconterò una storia per spiegartelo. C'era una volta un ragazzo brutto e con un gran nasone. Era innamorato di una splendida fanciulla, ma temeva che lei lo rifiutasse a causa del suo aspetto, così fece un patto con un ragazzo bello e senza cervello per—»

«Mi stai raccontando la storia di Cyrano de Bergerac?»

«Oh bene, allora la conosci.»

«E quindi io sarei...» Mimai le virgolette con le dita. «Il ragazzo bello e senza cervello?»

«Esattamente. Voglio dire, sei un pochettino più intelligente e un po' meno bella, ma più o meno ci siamo.»

«Spiacente, al momento non posso occuparmi di questa faccenda.» Presi la tazza di caffè e marciai verso la mia camera, pronta a sbattergli la porta in faccia.

Merlino mi seguì, troppo veloce perché riuscissi a chiudermi dentro senza rovesciare il mio prezioso caffè. «Ti chiedo scusa. Ho dimenticato quanto siete sensibili voi umani su simili questioni. Ho scelto te perché credo che tu abbia i requisiti giusti.»

«Per essere il volto senza cervello delle tue attività?» chiesi rabbiosa.

Ma Merlino non colse la mia collera o decise di ignorarla: «Esatto. Sono lieto che tu abbia finalmente capito.»

«Scusami tanto, ma ho altri progetti per la mia vita. Grandi progetti.»

I suoi occhi scintillarono maliziosi: «Quali? Dimmelo. Posso realizzarli.»

Lo fissai perplessa, timorosa di chiedere ulteriori spiegazioni.

«Tu non hai poteri magici, ma io sì, ricordi? Quello di famiglio è un ruolo importante e comporta notevoli vantaggi. Molti personaggi di rilievo nella storia del genere umano erano famigli.»

Incrociai le braccia e lo fissai: «Davvero? Tipo?»

«Beh, pensa ad esempio al mio omonimo» disse, mentre un sorriso gli si disegnava fra le vibrisse.

Ero riluttante a credergli: «Merlino, il famoso mago?»

«Ah, gli sarebbe piaciuto! Il Merlino che voi umani conoscete era in realtà il famiglio di un mago felino estremamente potente. Anche il gatto si chiamava Merlino e ciò ha creato non poca confusione. Il Merlino umano voleva fama e poteri magici in cambio dell'aiuto che offriva al suo gatto. Ma divenne avido e presuntuoso, ragion per cui il vero Merlino gli lanciò una maledizione che lo fece ringiovanire e poi si trovò un famiglio decisamente più all'altezza, un umano di nome Artù. Questi desiderava potere e prestigio solo nel mondo degli umani, un desiderio assai più facile da realizzare per il mio illustre predecessore.»

«Quindi Merlino era un truffatore e re Artù era soltanto il famiglio di un gatto magico?» riassunsi.

«Non *soltanto*. I famigli svolgono un ruolo estremamente importante e noi maghi facciamo il possibile per renderli felici e soddisfatti.»

Sollevai un sopracciglio, dubbiosa: «Quindi potrei diventare la nuova Lady Gaga?»

«Quello richiederebbe del talento. Potresti non averlo per nascita, ma di certo è qualcosa alla mia portata.» Merlino fece una pausa e fletté le zampe. «È davvero questo che vuoi?»

«No, era solo per capire» mi affrettai a spiegare.

«Allora pensaci bene, perché di desideri di questo calibro se ne può esprimere soltanto uno. Ci sono molte piccole cose che posso fare per te con regolarità, ma una magia che cambia completamente la vita è concessa una volta sola.»

«Lo terrò a mente» promisi, ancora non del tutto convinta.

«Farai bene a ricordartene.» Ora Merlino sembrava soddisfatto. «Forza. Iniziamo.»

7

«**D**ove stiamo andando?» chiesi inseguendo il mio gatto per la casa.

Ma lui, invece di rispondere, schizzò fuori attraverso la gattaiola.

Mi infilai in tutta fretta un paio di infradito scadenti che tenevo di fianco alla porta d'ingresso e la spalancai appena in tempo per vederlo saltare nella vasca per gli uccelli schizzando acqua tutto intorno a sé. Sapevo che ai Maine Coon piace l'acqua, ma era comunque strano vederlo divertirsi a quel modo. Da dove venivo io, i gatti erano gatti: detestavano l'acqua e di certo non parlavano.

«Ti ho visto l'altro giorno» dissi avvicinandomi con cautela. «Ieri» precisai.

Accipicchia, sembrava passata almeno una settimana.

Merlino smise di sguazzare e mi lanciò uno sguardo da sopra la spalla: «Sì. E cosa hai visto?»

«Stavi v-vo-volando» balbettai cingendomi il torso con le braccia. «Inseguivi un uccello che volevi mangiare.»

Merlino sospirò: «Innanzi tutto, non volevo mangiarlo. Quel tizio mi deve dei soldi.»

Sbattei le palpebre: «Soldi?»

«Sì, soldi.» Ora sorrideva.

«In secondo luogo, volevo che mi vedessi. Era una prova.»

«Una prova?» un brivido mi percorse, nonostante la mattinata in Georgia fosse soleggiata e tiepida.

Merlino alzò gli occhi al cielo: «Smettila di ripetere tutto ciò che dico sotto forma di domanda.» Mi fissò dall'alto in basso, aspettando che facessi ciò che voleva da me, di qualunque cosa si trattasse.

Deglutii e annuii, ancora incredula che il mio gatto utilizzasse il denaro e che un uccello del vicinato avesse un debito con lui.

«Dovevo vedere come avresti reagito al primo accenno di magia. Alcuni umani non riescono a gestire la cosa.»

«E io invece sì? Voglio dire, sono riuscita a gestirla?»

Mi squadrò da capo a piedi poi fece un sorrisetto: «Sei ancora tutta intera. È un buon inizio.»

«Cosa sarebbe potuto succedere?» chiesi, piuttosto arrabbiata per il fatto che mi avesse messa in pericolo consapevolmente.

«Saresti potuta impazzire» disse in tono piatto. «Capita a molti. Ecco perché si deve sempre procedere con la massima cautela quando si seleziona e si mette alla prova un famiglio.»

«Quindi fate impazzire la gente?» Mi ci volle tutta la forza di volontà che avevo per non mettermi a urlare. Ma eravamo sul ciglio della strada di un quartiere residenziale. Se qualcuno mi avesse vista non soltanto parlare, ma litigare con il mio gatto, in breve sarebbero arrivati gli infermieri con la camicia di forza, pronti a rinchiudermi e buttare via la chiave.

Merlino mantenne la calma e un'espressione disinvolta, come se stessimo discutendo di quisquilie e non di rischi reali. «Sì, non tutti sopportano l'idea dell'esistenza della magia. Una triste realtà.» Il felino si raddrizzò e sporse in fuori il petto coperto di morbido pelo. «In ogni caso, sono lieto che tu sia ancora qui con me.»

«Posso forse scegliere?»

Sogghignò: «No.»

«Proprio come pensavo.»

«Avvicinati» mi incoraggiò lui e io feci subito come mi aveva detto.

«Che cos'è questo? Cosa stiamo facendo?» chiesi, sentendomi impacciata a starmene lì in mezzo al cortile a parlare con un gatto in pubblico. Sul serio, perché non potevamo stare dentro casa a fare... beh qualsiasi cosa stessimo facendo.

«Doveri di un famiglio, lezione numero uno!» dichiarò lui con orgoglio. Poi si spostò sul bordo della vasca, restando in precario equilibrio. «Proteggere il calderone a qualsiasi costo.»

«È una vasca per uccelli» puntualizzai.

Lui sollevò una zampa e ci affondò il muso con aria sconsolata: «È un calderone. La fonte dei miei poteri e il mezzo per mantenermi in contatto con gli altri maghi. Senza di esso sono un mago latitante, non un mago con tutti i crismi.»

Spostai lo sguardo dalla vasca a lui, poi di nuovo alla vasca.

Merlino sospirò: «Lezione numero due. Credi a tutto ciò che dico senza discutere. Ad esempio, questo è un calderone. Un tempo maghi e streghe utilizzavano quegli enormi pentoloni neri. Ma al giorno d'oggi preferiamo oggetti d'uso comune a cui è facile arrivare passando inosservati. Guarda qui.»

Si portò al centro della fontanella e vi immerse una zampa. Subito il sottile strato d'acqua iniziò a risplendere di un verde chiaro simile a quello dei suoi grandi occhi.

«Caspita!» dissi, senza fiato per la sorpresa.

Merlino toccò nuovamente l'acqua e quella tornò normale. «Per questo noi gatti abbiamo scelto di legarci a voi umani. Per strada nessun posto è davvero sicuro. Le parvenze della vita domestica ci consentono di proteggere i nostri segreti. E anche le ombre della notte. Ovviamente preferiremmo tenerci alla larga durante il giorno, ma è più facile nascondere la nostra vera essenza quando la maggior parte di voi umani è rintanata a letto.»

Annuii. Ciò che diceva aveva senso, ora che ci pensavo. Tutto tranne...

«A cosa mai vi serve il denaro?» chiesi, ancora colpita dalla rivelazione sul povero pettirosso che gli doveva dei soldi.

«Sei ancora troppo condizionata dalla tua visione del mondo. Nel nostro... *MIAO!*»

«Eh?» Girai la testa per vedere cosa stava guardando e notai una persona intenta a fare jogging.

La donna sorrise e fece un cenno di saluto con la mano; avrei potuto giurare di averla già vista da qualche parte, ma non avrei saputo dire dove.

Scomparve alla vista con la stessa rapidità con cui era apparsa.

Mi voltai di nuovo verso il mio gatto; la sua coda penzolava giù dalla vasca di pietra ondeggiando minacciosamente: «Non fidarti di quell'umana!» soffiò.

«Che cosa? Perché? Sembrava amichevole.»

Sogghignò sgarbatamente, con lo sguardo ancora fisso nella direzione in cui la donna si era dileguata: «Ricordi la lezione numero due?»

«Fidarmi di tutto ciò che dici?»

«Sì. Quella è Virginia. È il famiglio di Luna, una maga terribilmente molesta che vive dall'altra parte della città» sibilò.

«È venuta a spiarci?»

Merlino saltò giù dalla vasca per uccelli: «Non mi sorprenderebbe affatto. Per fortuna il calderone è protetto dagli altri maghi e dai loro famigli. Vieni. Torniamo dentro, dove nessuno che voglia farci del male possa vederci.»

Farci del male? Sembrava che avessi superato solo la prima di molte prove che avrei dovuto affrontare per stare accanto al mio gatto nel mondo magico di cui faceva parte. E questo mi lasciava con una domanda che si ripeteva senza sosta nella mia mente: *PERCHÉ PROPRIO IO?*

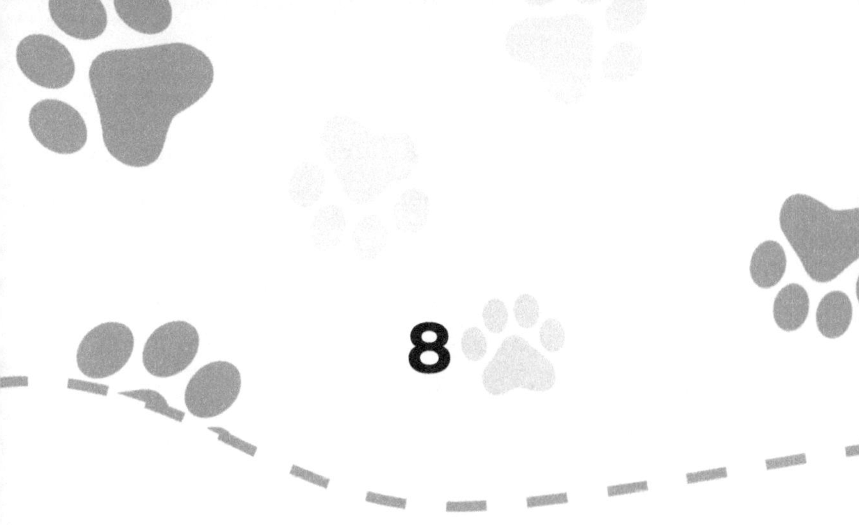

8

«Andiamo da Luna» annunciò Merlino non appena chiusi la porta alle nostre spalle. Ovviamente l'idea non mi piaceva neanche un po'.

«Cosa? Perché?» gemetti.

Purtroppo Merlino fu irremovibile: «Se ci sta spiando significa che probabilmente ha qualcosa da nascondere.»

«Quindi faremo irruzione a casa sua sulla base di una semplice probabilità? Nel caso tu non l'abbia notato, sono già sospettata in un'indagine per omicidio!» sbottai. E dovetti ammettere che era una bella sensazione gridare dopo essermi trattenuta mentre eravamo all'aperto.

«Lezione numero due» mi ricordò nuovamente

lui. E già sapevo che quella sarebbe stata la lezione che meno mi sarebbe piaciuta, a prescindere dalle successive.

Ansimai e incrociai le braccia. Non poteva costringermi a fare qualcosa contro la mia volontà... O forse sì?

Il tono di Merlino si ammorbidì un po': «Senti, so che è tutto nuovo per te, ma devi fidarti di me. Ci penserò io a proteggerti. E, ora come ora, proteggerti significa accertarmi che Luna non combini qualche scherzo mentre sono impegnato ad addestrare il mio nuovo famiglio. In questo momento siamo entrambi molto vulnerabili, quindi dobbiamo stare all'erta.»

Fece una pausa e trasse un profondo respiro, poi riprese a parlare in tono ancora più cupo: «Credi che le prigioni umane siano posti spaventosi? Non reggono minimamente il confronto con l'orrore di una prigione magica. Se Luna ci espone a qualche rischio, ci finiremo entrambi senza nessuna speranza di uscirne. Se finisci in una prigione umana posso farti evadere in un batter d'occhi e aiutarti a crearti una nuova identità. Fidati di me, l'omicidio di quell'-Harold è l'ultimo dei tuoi problemi, ora.»

«Va bene» dissi, troppo stanca per continuare a oppormi e troppo intimorita dalle possibili ripercussioni del fallimento nel diventare un famiglio. Non volevo sapere nient'altro su prigioni magiche e pericoli.

Mi studiò con quei particolarissimi occhi verdi e chiese: «In che senso?»

«Mi fido di te» risposi, pregando di non dovermene pentire in futuro.

«Davvero? Mi aspettavo che opponessi molta più resistenza.»

Mi strinsi nelle spalle: «A che pro, se tanto finiremo per fare come dici tu?»

«Sono lieto che tu capisca.» Merlino annuì, poi sbatté lentamente le palpebre due volte.

Dovevo averlo fatto anch'io, perché un attimo prima eravamo sulla porta della cucina di casa mia e un istante dopo mi trovavo all'ombra di un albero di magnolia, nel giardino molto curato di una casetta in stile ranch che non avevo mai visto prima.

Feci un passo indietro, appoggiandomi all'albero per restare in piedi.

«Cosa... Cos'è successo?» sussultai. Merlino mi si avvicinò ridacchiando: «La tua prima esperienza di teletrasporto. Che tenerezza!»

«Teletrasporto?» strillai con un filo di voce, nel caso in cui qualcuno potesse sentirci. «La prossima volta avvisami, per favore.»

«No» disse con fermezza. «È molto più semplice se non sai cosa sta per succedere.»

Sbuffai prendendomi la testa fra le mani. Ma era solo per fare un po' di scena perché, seppur sbalordita, in realtà mi sentivo benissimo. «Dove ci troviamo?»

«A casa di Luna. Su, andiamo.» Merlino si allontanò da me e iniziò a correre verso il retro della casa, la morbida coda striata orgogliosamente alta.

«Aspetta. Come facciamo a entrare?» gli gridai dietro.

Ma lui accelerò e saltò dritto dentro una fioriera che conteneva vivaci narcisi gialli. Lo seguii procedendo lentamente: un attimo prima camminavo sull'erba soffice e, al passo successivo, posavo il piede su un pavimento di legno. Grandioso, ora eravamo dentro.

«Smettila con il teletrasporto!» sibilai.

«Smettila di lamentarti», ribatté, «e aiutami a cercare.»

«Cercare cosa?» chiesi osservando l'arredamento confortevole.

Era evidente che la proprietaria di Luna—o meglio, il suo famiglio—amasse le stampe floreali: ricoprivano ogni superficie. Ero piuttosto certa di aver visto un modello di divano identico nelle foto di un articolo che annunciava la gravidanza di una celebrità locale. Oltre a tessuti, tende e mobili a fiori, più di una decina di vasi di fiori freschi erano sparsi qua e là nella modesta casetta.

Non potei fare a meno di starnutire.

«Luna è una maga della natura» mi spiegò Merlino quando si accorse che mi guardavo intorno.

«E tu che tipo di mago sei?» chiesi stupefatta. Avevo appena scoperto che i maghi esistevano davvero e ora veniva fuori che ce n'erano anche di tipi diversi.

«Sono un mago del cielo» mi informò pacatamente.

Mi girava la testa per via di tutte quelle nuove informazioni: «Come, scusa?» squittii. Non era una questione su cui potessi soprassedere senza un minimo di spiegazioni.

«Sono piuttosto dotato in tutti gli ambiti, ma la mia specialità sono gli elementi legati al cielo. Vento, acqua, ghiaccio, questo genere di cose. Fulmini di tanto in tanto, se sono dell'umore giusto.»

Finalmente cominciavo a capire: «Oh, appartenete a tipologie elementali? Come i Pokémon!»

La sua espressione si fece subito arcigna: «No, non come uno sciocco videogioco per bambini umani.»

«Io invece credo di sì. Luna è una maga della natura, quindi è brava con le piante e il terreno, giusto? Quindi è di tipo Erba e Terra» illustrai, lieta che le molte ore trascorse a giocare a Pokémon Go fossero servite a qualcosa di più che semplice intrattenimento. «Tu, invece, controlli acqua, fuoco e ghiaccio, quindi vi completate a vicenda. Ti suggerisco di usare i poteri del ghiaccio in combattimento.»

«Questo non è un gioco e non ci sono combattimenti. Ora smettila di blaterare e aiutami a cercare cose sospette.»

«Tipo quello?» chiesi indicando un vecchio diario in pelle lasciato aperto sul tavolino da caffè.

«No» rispose sulle prime Merlino, ma poi si voltò a guardare cosa stessi indicando e i suoi occhi si illuminarono di meraviglia. «In realtà sì! Ottimo lavoro. Ora prendilo e andiamocene da qui prima che qualcuno si accorga della nostra presenza.»

Beh, non me lo doveva certo dire due volte! Mi precipitai a prendere il diario alla massima velocità consentita dagli infradito, pronta a fare ritorno a casa.

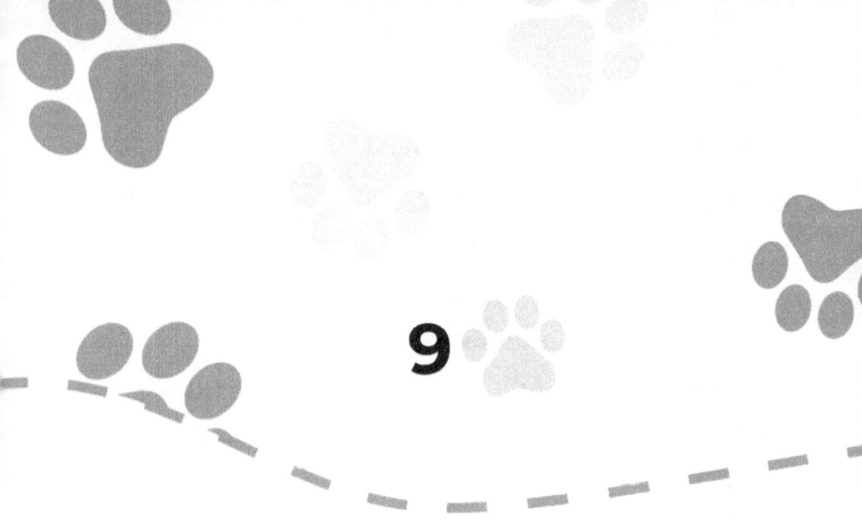

9

Merlino sbatté le palpebre la prima volta e io mi preparai psicologicamente a un altro inquietante spostamento tramite teletrasporto. Ma prima che potesse farlo una seconda volta, un vaso di fiori accanto a noi andò in frantumi, e steli spinosi saettarono verso il mio gatto avvolgendolo e bloccandolo.

«Bene, bene, bene...» Una roca voce femminile si levò dalla porta d'ingresso. Non avevo sentito entrare nessuno. Come potevamo essere stati tanto incauti?

Girai la testa, troppo spaventata per fare anche un solo passo, e vidi una gatta bianca, snella e slanciata, che mi fissava con dei brillanti occhi verdi.

«Luna» ruggì Merlino. «Che cosa vuoi?»

Lei gli si avvicinò e prese a girare lentamente

intorno al rivale intrappolato: «Penso che dovrei essere io a fare le domande, visto che siete stati voi a fare irruzione in casa mia.»

«Io non ti devo nessuna spiegazione» sbottò Merlino mettendosi a soffiare.

Mentre i due felini continuavano a discutere, mi infilai il diario che avevamo trovato nella vita dei pantaloni.

«Cosa ci faceva il tuo famiglio davanti a casa mia?» chiese Merlino. Aveva un'aria davvero patetica in quella gabbia di steli e petali.

«E perché il tuo famiglio, invece, è *dentro* casa mia? Possiamo andare avanti così tutto il giorno, Morbidone!» Scoppiò in una sonora risata: non c'erano dubbi su chi fosse il cattivo in quella situazione.

«Il suo nome è Merlino» la corressi con rabbia, cercando di afferrarla. Anche se non avevo poteri magici, avevo una sessantina di chili di vantaggio su quel felino pelle e ossa. Di certo sarei riuscita a sopraffarla.

Ma non fu così. Mi sfuggì, si voltò e mi soffiò: «Te lo dirò una volta sola, quindi vedi di prestare attenzione.» Luna inarcò la schiena e rizzò il pelo della coda, che divenne enorme. «Se fai di nuovo irruzione in casa mia, non sarò più così clemente!»

Deglutii, ritenendo opportuno non sottolineare che ci eravamo teletrasportati, quindi, tecnicamente, non avevamo fatto irruzione.

Luna si avvicinò lentamente con gli artigli sfoderati: «Sei stupida o cosa? Fuori da casa mia!»

Non me lo feci ripetere due volte: presi in braccio Merlino, con tanto di gabbia spinosa, e mi precipitai fuori dalla porta. Sempre correndo, mi diressi verso la strada, a malapena visibile in lontananza. L'ampio giardino anteriore della casa di Luna si trovava all'incrocio fra due strade secondarie. Cercai di leggere il nome della via mentre mi avvicinavo, ma faticavo a metterlo a fuoco.

Persimmon, riuscii a leggere infine quando i miei piedi entrarono in contatto con l'asfalto. Non appena ci trovammo fuori dal giardino di Luna, gli steli spinosi e i fiori che intrappolavano Merlino scomparvero.

Lui saltò giù dalle mie braccia, si diede una scrollata, sbatté le palpebre due volte e... ci ritrovammo a casa.

«E tutto questo per niente!» si lamentò dirigendosi verso la ciotola dell'acqua e dando lunghe leccate per rinfrescarsi.

«No, non per niente» rivelai tirando fuori il diario dai pantaloni e mostrandoglielo.

«Mia cara Gracy!» esclamò lui. «Brava la mia ragazza! Davvero brava!»

Mi beai dell'elogio, nonostante il tono lezioso. «Capisco perché non ti piace Luna» dissi con delicatezza. «O il nome Morbidone. Mi dispiace.»

«Mi avrebbe ucciso se non ci fossi stata tu» disse con noncuranza facendo spallucce. «Si comporta sempre così da quando l'ho scaricata per assumere il ruolo di mago a pieno titolo.»

Alzai le mani e feci un passo indietro: «Aspetta, aspetta, aspetta. Torna un attimo indietro.»

Merlino si voltò di lato, ma tenne un occhio fisso su di me: «Un gatto non può diventare un mago a pieno titolo finché non sceglie un famiglio.»

«Non quello. La questione *scaricamento*» chiarii, chiedendomi perché non mi avesse parlato dei suoi trascorsi con Luna *prima* della violazione di domicilio—e del furto del diario da parte mia.

Lui sbadigliò e si stiracchiò pigramente la schiena e le zampe: «Ah, quello. Ci frequentavamo. Roba di poco conto.»

«In realtà sembra tutto fuorché una questione di poco conto» lo corressi, sperando che approfondisse il discorso.

«Non è colpa mia se le regole vietano a due maghi di vivere sotto lo stesso tetto. Andava bene finché ero un randagio, ma poi le cose sono cambiate. Mai e poi mai rinuncerei ai miei poteri per un'avventura. Non se ne parla nemmeno. In ogni caso... È inutile pensare al passato quando dobbiamo preoccuparci del nostro futuro. Ora fammi dare un'occhiata a quel libro» mi ordinò senza mostrare il minimo ripensamento sulla fine della sua storia d'amore.

Mi accomodai sul divano e mi sistemai il diario in grembo in modo che potessimo leggerlo insieme. «Di che si tratta?» chiesi, strizzando gli occhi davanti alla strana serie di simboli inframezzati da schizzi di animali e piante.

«Sembrerebbe un grimorio. Non il suo grimorio principale, bada bene, ma qualcosa di nuovo a cui sta lavorando.»

«Un libro degli incantesimi? Ne hai uno anche tu?»

Merlino annuì, continuando a esaminare le pagine: «Ne ho molti, ma non li lascerei mai in bella vista.»

«Dove li tieni?» domandai.

«Si tratta di un'informazione riservata, da divulgare solo in caso di necessità. Per ora non è necessario che tu lo sappia.»

«Caspita. Ok.»

Merlino borbottava tra sé mentre sfogliava le

pagine del diario, del tutto indifferente al fatto di aver ferito i miei sentimenti.

«Quindi cosa stiamo cercando qui?» chiesi dopo aver trascorso un po' di tempo a osservare, in attesa, senza averci capito assolutamente niente.

«Sta cercando di creare una nuova pozione. Molto potente. Ma sembra non esserci ancora riuscita.»

Fissai il libro con maggior attenzione, ma continuavo a non capirci un'acca: «Per farci cosa?»

«Non saprei. È tutta roba da maghi della natura. Sono abilissimi con le pozioni. Io non tanto.»

«Credi che potrebbe trattarsi di un veleno?» chiesi ripensando al povero Harold. Sarà anche stato un uomo avaro e meschino, ma di certo non meritava di essere ucciso.

Merlino colse al volo il mio suggerimento: «Credi che possa esserci Luna dietro la morte di Harold?»

Annuii: «Sì. Voglio dire, perché no? Non c'è nessun altro sospettato che possa avere un movente.»

Merlino chiuse di colpo il diario: «Teoria molto interessante. È possibile che volesse arrivare a te, ma che invece il veleno sia finito nelle mani di Harold.»

Sussultai: finora non mi ero resa conto di quanto fossi stata in pericolo, né di quanto potessi esserlo ancora. «Arriverebbe a tanto? Davvero mi ucciderebbe?»

«Mah...» Merlino sbadigliò come se quella conversazione di importanza vitale lo annoiasse. «Luna è molto pericolosa e ce l'ha con me; e questo significa che ce l'ha anche con te.»

«Allora forse non avresti dovuto spezzarle il cuore» mormorai, aggiungendo anche questo al lungo elenco di motivi per cui quel giorno ero arrabbiata con il mio gatto.

Ah, quanto sarebbe stata più facile la vita se avessi preso un cane...

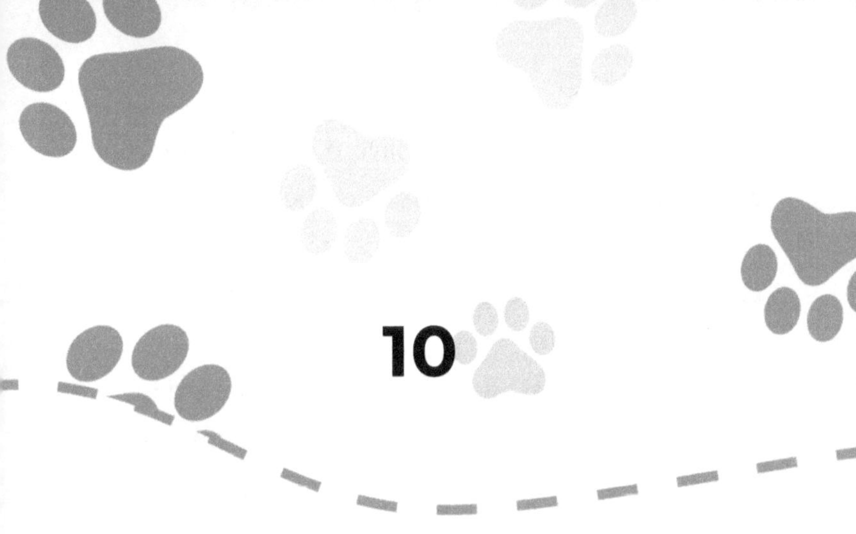

10

«**D**evo andare al lavoro» dissi prima di andare a farmi la doccia. Avevamo trascorso la maggior parte delle ultime ore a leggere attentamente il grimorio rubato e ancora non eravamo venuti a capo di nulla. L'unico risultato erano i miei poveri nervi a pezzi.

«Se Luna è così pericolosa, forse dovresti restituire quel diario» gridai a Merlino prima di chiudermi la porta del bagno alle spalle e godermi un po' di meritato tempo tutto per me. Ne avevo davvero bisogno!

Forse aveva seguito il mio consiglio perché, quando finii di prepararmi per il turno, sia lui che il grimorio erano spariti.

Sinceramente non sapevo se qualcuno si aspettasse che mi presentassi al lavoro quel giorno, considerando quanto era accaduto e che il locale era la potenziale scena di un crimine, ma decisi che avrei almeno tentato di onorare i miei doveri nei confronti del povero Harold.

Quando arrivai alla caffetteria, vidi che era ancora transennata con il nastro giallo, ma la mia collega Kelley era entrata e, da come si muoveva, sembrava irrequieta.

Entrai anch'io.

Kelley alzò gli occhi all'improvviso da dietro la vetrinetta dei pasticcini: «Oh, ciao Gracy» disse con aria crucciata.

«Come ti senti oggi?» le chiesi con dolcezza, avvicinandomi.

Lei si strinse nelle spalle: «Sinceramente, non lo so.»

Abbassai gli occhi sulle sue mani, ma erano vuote. In effetti sembrava che non stesse facendo altro che starsene lì con aria addolorata.

Il giorno prima, mentre aspettavamo l'arrivo dei soccorsi, era davvero sconvolta, ma avevo pensato che si fosse trattato di una reazione momentanea. Invece, se possibile, quella mattina sembrava ancora più a pezzi.

E vederla così mi faceva sentire in colpa per non

aver trascorso nemmeno un minuto a piangere il povero Harold: avevo pensato esclusivamente ai miei problemi, legati alla possibilità di essere accusata di omicidio.

Anche se Harold era stato un pessimo capo, volevo comunque comportami da brava persona. Forse, se ora avessi aiutato Kelley, avrei rimediato ai miei errori.

«Sì, è difficile» dissi a occhi bassi. «Non sarà stato il capo migliore del mondo, ma era comunque una persona che conoscevamo.»

Kelley si prese il volto tra le mani, singhiozzando: «Io lo conoscevo a malapena. Pensavo che avremmo avuto più tempo.»

Non conoscevo bene nemmeno Kelley. Non avevo capito che per lei Harold era qualcosa di più di un semplice conoscente per cui lavorava. Stava forse piangendo la morte di un amico, e tutti noi eravamo stati troppo presi dalle nostre faccende per accorgercene? Quel pensiero mi faceva stare malissimo.

Kelley lavorava alla caffetteria da appena un mese. Era una ragazza dolce, che si era diplomata da poco e si era trasferita da quelle parti per prendersi un anno sabbatico prima di proseguire gli studi. Mi ero sempre chiesta perché avesse scelto di trasferirsi nelle campagne della Georgia anziché optare per un viaggio in Europa, ma chi ero io per giudicare? Magari aveva ereditato una casa da quelle parti, proprio come era successo a me. Avrei potuto chiederglielo. Avrei *dovuto* chiederglielo.

Con esitazione le appoggiai una mano sulla spalla: «Fidati di me» le dissi accennando un sorriso. «Non ti sei persa molto.»

Si voltò verso di me con gli occhi arrossati dal pianto: «Tu dici? Ho passato tutta la vita a chiedermi chi fosse, a immaginare come sarebbe stato quando finalmente l'avessi incontrato. Ma ora non avremo mai la possibilità di creare un vero rapporto.»

Quella rivelazione mi colpì come una mattonata: «Kelley, Harold era...»

«Mio padre» concluse lei infilando una mano in tasca e tirandone fuori un fazzoletto spiegazzato. «Anni fa, lui e mia madre si frequentavano. Ma quando lei scoprì di essere incinta, si erano già lasciati e lui si era trasferito.»

La abbracciai forte: «Mi... mi dispiace tanto.»

Cercò di sorridere senza riuscirci: «Suppongo che non fossi destinata ad avere un padre. E immagino anche che ormai non abbia più senso restare qui. Non sarei mai dovuta venire. Quell'agente ha detto che mio padre è stato assassinato. E se in qualche modo fosse colpa mia?»

«No, tesoro. Di certo non è colpa tua» la rassicurai, ma lei non parve convinta.

«Pensaci bene» disse aggrottando le sopracciglia per la frustrazione. «Arrivo in città e nel giro di un mese lui viene ucciso. Non può essere una coincidenza.»

«Certo che lo è. Una coincidenza orribile, ma di certo non è colpa tua. Non sei responsabile delle decisioni dei tuoi genitori e, poco ma sicuro, non sei responsabile per la morte di Harold.»

Lei sbatté le palpebre: «Lo pensi davvero?»

Annuii con decisione: «Assolutamente sì.»

Finalmente Kelley riuscì a rivolgermi un debole sorriso: «Grazie.»

«Se hai un po' di tempo, posso raccontarti qualche aneddoto su di lui.»

Il suo sorriso divenne più ampio, gli occhi le luccicavano: «Davvero?»

«Ma certo. Tanto oggi il locale è chiuso. Prendiamoci qualcosa da mangiare e facciamo due chiacchiere.»

«Preparo del latte macchiato con zucca e spezie» si offrì Kelley.

«E io vado a prendere degli snack!» Mi diressi alla stanza che usavamo come cella frigorifera e presi del pane alla banana 'fresco' da scongelare. Al mio ritorno, Kelley mi fece cenno di sedermi mentre decorava le nostre bevande.

«Sai,» mi disse quando mi raggiuse nel solitario separé, «mia madre mi ha detto che ero pazza a voler venire qui. A volerlo conoscere. Forse avrei dovuto darle retta. Se l'avessi fatto, ora potrei ancora fantasticare su di lui, su come poteva essere e cosa gli piaceva fare, invece di avere la certezza che è morto.»

Fu così che iniziò una conversazione molto spiacevole.

Per lo meno per me.

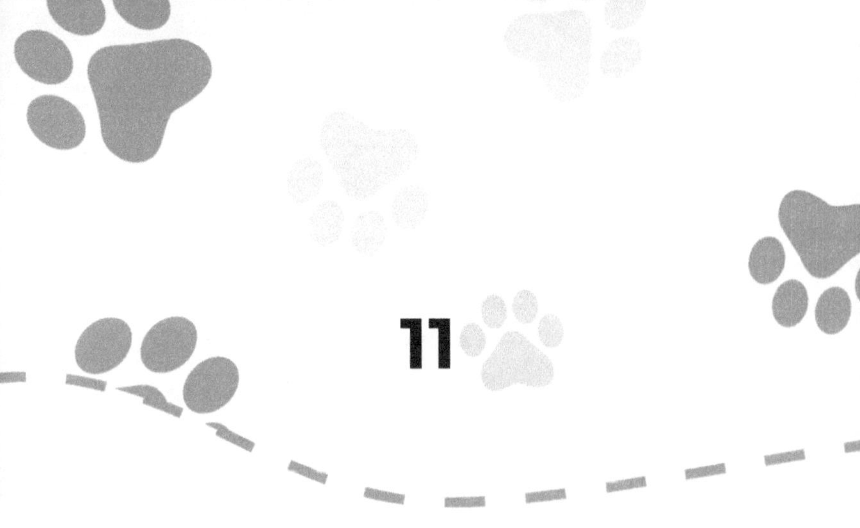

11

Strinsi le labbra e annuii, mentre Kelley mi raccontava brevemente la storia della sua famiglia. Lo scopo della conversazione era aiutarla a scoprire qualcosa sul suo defunto padre per conoscerlo un po' meglio, ma era possibile che lei sapesse più di quanto si rendesse conto? Che conoscesse qualche dettaglio della vita di Harold che potesse rivelarsi utile per identificare l'assassino?

Di certo lei aveva prestato molta più attenzione di me ai suoi andirivieni.

Ma la mia giovane collega era già così sconvolta dalla morte del padre che non mi sembrava giusto cercare di ottenere informazioni da lei con il rischio di peggiorare ulteriormente la situazione.

Ciò nonostante, se nessuno avesse scoperto chi

aveva ucciso davvero Harold—e anche in fretta—la colpa sarebbe ricaduta su di me. Se la mettevo in questi termini, la scelta mi appariva ovvia.

Mi schiarii la gola e abbassai gli occhi, fissando la superficie del tavolo: «È finita male tra i tuoi genitori?» chiesi, non vedendo altra possibilità se non provare a spronarla con delicatezza e sperare che tutto andasse per il meglio.

Kelley sospirò e prese un pezzo di pane alla banana con le noci, poi si rese conto che era ancora gelato, lo riposò sul piatto e prese la tazza con entrambe le mani: «Mamma ha sempre detto che, se mai l'avesse rivisto, sarebbe stata la cosa peggiore che le potesse capitare» mormorò.

«La situazione è davvero così tragica?»

Kelley si appoggiò allo schienale e adagiò la testa contro la logora imbottitura: «Già.»

«Ti ho mai raccontato del mio primo incontro con Harold?»

Kelley scosse il capo e spalancò gli occhi: «No. Ti prego, dimmi tutto.»

«Beh, ero venuta qui per il colloquio. Ed ero in ritardo. Quando arrivai lo trovai seduto nel suo ufficio: sfogliava dei documenti e cantava a squarciagola una canzone del Fantasma dell'Opera.»

Kelley si rizzò a sedere e le sfuggì una risatina: «Non è possibile.»

«E invece sì! E non è tutto...»

Le raccontai qualche altro episodio buffo legato a lui; Kelley mi ascoltava, estasiata. Nel tempo che impiegammo a finire il latte macchiato, ero anche rimasta a corto di aneddoti. Anche il pane alla banana si era finalmente scongelato.

Ne presi un pezzo e feci un cenno a Kelley, prima di staccarne un grosso, delizioso boccone. Caspita, anche se non era appena sfornato era buono da impazzire.

«Cosa farai ora?» chiesi a Kelley che stava spiluccando le noci dal pane, mettendosele in bocca una dopo l'altra.

«Mia madre sta venendo a prendermi per riportarmi a casa» mi rivelò con una smorfia.

«Dove abita?» chiesi tanto per fare conversazione, anche se non mi era sfuggito il fatto che la ragazza non sembrasse affatto contenta di quella visita imminente.

«In Ohio.»

«Oh no, è terribile!» Allungai un braccio sul tavolo e le diedi un buffetto sulla mano: «Io vengo dal Michigan.»

«Nemici per natura» scherzò lei, facendo riferimento all'aspra rivalità dei nostri stati di provenienza. In realtà, essendo entrambe originarie del Midwest, le cose che avevamo in comune erano più numerose delle differenze.

Volevo saperne di più su sua madre, in caso si trattasse di una possibile sospettata nell'indagine, ma dovevo stare attenta a non fare pressioni eccessive. Speravo che quel momento di spiritosa confidenza mi avrebbe aiutata a procedere nella direzione giusta con le domande che volevo porre. Ferire di nuovo quella povera ragazza, già sconvolta dal dolore, era l'ultima cosa che avrei voluto. Ma c'era qualcosa che volevo ancora di più: evitare di finire dietro le sbarre per un crimine che non avevo commesso.

«Tua madre sarà contenta di riportarti a casa, vero?» azzardai leccandomi il pollice, per poi premerlo sulle briciole sparse nel mio piattino.

«Già» disse lei, dando finalmente un bel morso al suo dessert. «Come ho detto, non voleva che venissi qui. Diceva che l'unica cosa buona che mio padre avesse fatto in tutta la sua vita era stato farle avere me.» Sorrise timidamente.

«Perché si sono lasciati? Te l'ha mai detto?»

«Non voleva influenzare l'opinione che mi sarei fatta di lui. Ironico, non trovi? Mi ha detto solo di crederle sulla parola e di non fidarmi troppo.»

Ciò mi ricordò la regola numero due sull'essere un famiglio: 'Fai quello che ti dico senza fare domande.'

«So che è difficile, considerando com'è andata, ma penso che sia una bella cosa che tu abbia avuto la possibilità di conoscerlo» dissi, abbozzando un sorriso.

Kelley tirò su con il naso e scosse il capo: «Non lo so.»

«Un giorno lo capirai» dissi come se parlassi per esperienza.

«Probabilmente hai ragione.» Si strinse nelle spalle e si riadagiò contro lo schienale, a occhi chiusi. «È solo che è successo tutto così in fretta e non so se riuscirò a sopportare mia madre che lo insulta ancor prima del funerale.»

«Già, dev'essere davvero dura.» All'improvviso ebbi un'idea che avrebbe potuto rivelarsi utile per entrambe: «Sai cosa ti dico? Se tua mamma ti crea problemi, vieni a trovarmi. Dille che ci eravamo già messe d'accordo prima che succedesse tutto questo. Potrei fare da intermediario.»

Kelley spalancò gli occhi e mi fissò in silenzio, incredula. Infine disse: «Wow! Grazie davvero, Gracy. Sei così gentile.»

«Meriti l'appoggio di un'amica in questo

momento e scommetto che ne hai anche bisogno.» Le porsi il cellulare. «Tieni, memorizza il tuo numero. Ti manderò un messaggio con il mio indirizzo.»

Kelley lo prese con impazienza e iniziò a digitare. Nel mentre, udii qualcuno bussare alla porta della caffetteria.

Mi voltai a guardare e riconobbi all'istante la silhouette dell'ultima persona che avrei voluto vedere in quel momento.

L'agente Dash era venuta a farci visita.

12

Non appena udimmo bussare, Kelley scattò in piedi e fece accomodare la poliziotta.

L'agente Dash fece una smorfia quando mi vide: «Immaginavo di trovarla qui, proprio dove non dovrebbe essere.»

«Eravamo di turno oggi» spiegò Kelley, subito pronta a difendermi. La apprezzavo davvero, ora che la conoscevo meglio.

«Beh, mi dispiace dirlo, ma questo posto è ufficialmente chiuso fino a nuovo ordine.» L'agente Dash non sembrava affatto dispiaciuta. Neanche un po'.

«Ha idea di quanto tempo potrebbe volerci?» chiesi recuperando i due piattini vuoti e portandoli al piccolo lavandino che utilizzavamo per riporre le stoviglie.

Gli occhi dell'agente Dash mi seguivano registrando ogni mio movimento: «Finché non avremo concluso l'indagine e l'avvocato del signor Harris avrà dato disposizioni sulle sue ultime volontà.»

«Per caso lei sa chi è incaricato della lettura del testamento?» chiese Kelley sistemandosi una ciocca di capelli dietro l'orecchio e abbassando lo sguardo. Se non altro, non ero l'unica a sentirsi intimorita dall'atteggiamento brusco della poliziotta. Ma quella era l'ultima cosa di cui la povera ragazza aveva bisogno in quel momento.

«Sono questioni che riguardano solo i familiari» sbottò l'agente Dash lanciando un rapido sguardo alla mia nuova amica per poi tornare a fissare me.

«Lo so» mormorò la ragazza fissandosi le scarpe. «Sono sua figlia.»

«Se è fra gli eredi, l'avvocato la contatterà» spiegò l'agente con un'occhiataccia. «In ogni caso, per quale motivo non ha menzionato il rapporto di parentela con la vittima durante il nostro primo colloquio?»

Kelley scosse il capo: «Sto ancora cercando di accettare la situazione.»

«Non si conoscevano» cercai di spiegare. «Se non da pochissimo.»

«Interessante.» L'agente Dash estrasse il taccuino e iniziò a prendere appunti. «Le dispiacerebbe venire con me in commissariato per rispondere a qualche domanda?»

Kelley spalancò gli occhi per lo spavento.

«È proprio necessario?» obiettai piazzandomi davanti a lei in atteggiamento protettivo. «Non vede quanto è già sconvolta?»

«Oh, ho urtato i sentimenti della sua amichetta?» chiese l'agente con un sorriso crudele. «Ma che sciocca che sono! In fondo sto solo cercando di consegnare un assassino alla giustizia.»

L'agente Dash pestò i piedi e Kelley mi afferrò un braccio con dita tremanti.

Mi voltai verso la mia giovane collega terrorizzata: «Non hai fatto niente di male, quindi non hai niente da nascondere. Perfino quella lì lo capirà» dissi, puntando il pollice verso la poliziotta, che appariva più infuriata del solito.

«Puoi restare?» mi supplicò Kelley.

«Gli interrogatori dei sospettati vanno condotti separatamente» ci informò l'agente.

Kelley sussultò: «Sospettati?»

«Ascolta, è un po' rude—ok, tantissimo. Ma non può farti assolutamente niente. Hai il mio numero. Chiamami in qualsiasi momento, per qualsiasi cosa.»

Kelley annuì e io mi feci da parte.

«Mai fatto un giretto sul sedile posteriore di una

volante della polizia?» chiese l'agente Dash con un'espressione divertita che spinse Kelley a indietreggiare.

«Basta così» sbottai. Non appena l'indagine si fosse conclusa avrei sporto un reclamo lungo come la quaresima sulla totale mancanza di professionalità dell'agente Dash. Anonimo, ovviamente.

«Potete parlarne qui» continuai. «Io me ne vado, così avrete tutta la privacy necessaria.»

Strinsi la mano di Kelley e le dissi che sarebbe andato tutto bene, poi uscii dal locale. Nessuna delle due cercò di fermarmi.

Attesi qualche minuto nel parcheggio per assicurarmi che l'agente Dash non avesse intenzione di portare quella povera ragazza in commissariato per un interrogatorio appena ne avesse avuto l'occasione.

Una volta accertato che non era così, misi in moto e mi avviai verso casa.

Distratta com'ero, quasi passai con il rosso e più di una volta finii sul marciapiede. Perché l'agente Dash ce l'aveva tanto con me? E perché era venuta alla caffetteria quel pomeriggio? Mi stava forse cercando?

Temevo che, se non avessero trovato in fretta il vero assassino, la poliziotta si sarebbe spinta a fabbricare prove false contro di me pur di chiudere il caso.

Un'idea terrificante.

Forse avrei dovuto darmi una mossa con quel reclamo...

Le avrei dato un'ultima possibilità, decisi mentre entravo nel vialetto di casa. Ancora un incontro. Ma se alla visita successiva non avesse iniziato a comportarsi con maggior professionalità, sarei andata dritta in commissariato a parlare con il suo capo.

Presa quella decisione, parcheggiai, trassi un profondo respiro ed entrai in casa per vedere in quali nuovi guai ci avesse cacciati il mio gatto durante quella breve assenza.

Entrai in casa con cautela, incerta su cosa avrei potuto trovarci. Avevo lasciato Merlino da solo per un paio d'ore per via di quella strana giornata di lavoro. Buffo, finora non mi ero mai dovuta preoccupare di cosa facesse in mia assenza. Ora, invece, non facevo altro che preoccuparmi... per lui, per la faccenda di Harold, per ogni aspetto della mia vita.

Beh, qualsiasi cosa avesse fatto mentre ero via, non c'erano danni visibili. In realtà tutto era esattamente come l'avevo lasciato. Perfino il diario di Luna era ancora aperto sul divano, nel punto esatto in cui si trovava quando lo avevamo sfogliato insieme. Doveva averlo preso e poi riportato lì. Ma per quale motivo?

«Merlino?» chiamai avvicinandomi al divano e

osservando il grimorio trafugato. Le due pagine visibili erano piene di scarabocchi illeggibili, scritti in fretta e furia; non riuscivo a capirci un bel niente.

Uffa! Speravo che lo restituisse una volta finito di consultarlo, o almeno che lo nascondesse da qualche parte. Era come se stesse cercando di attirare i guai in casa e lo stesse facendo di proposito.

Scattai qualche foto alle pagine del diario con il cellulare, poi lo presi, decisa a restituirlo io stessa.

Il problema era che non sapevo come arrivare al cottage di Luna, dato che ci eravamo teletrasportati sia all'andata che al ritorno. Però avevo letto il nome della via nei pressi della casa quando eravamo fuggiti. *Persimmon Street.* Lo scrissi sul GPS del cellulare ed ecco le indicazioni per raggiungerla. Grazie al cielo potevo contare sulla tecnologia moderna!

Persimmon Street si trovava dall'altra parte della città, ma mi bastarono dieci minuti per individuare la casa di Luna e parcheggiarvi davanti. Infilai il diario in borsa e mi avviai alla porta.

Una donna decisamente più in là di me con gli anni venne ad aprire prima ancora che avessi la possibilità di bussare.

«Buongiorno. Lei è Virginia?» chiesi fiduciosa.

«Gracy» rispose con un sospiro. Poi fece un passo indietro per lasciarmi entrare.

Bene. Era un buon inizio.

Ora dovevo solo trovare un modo per rimettere a posto il diario senza che lei se ne accorgesse e scoprisse che lo avevamo preso.

Così sfoderai il mio sorriso migliore e dissi: «Sono passata solo per un saluto e per presentarmi. So che i nostri gatti sono in cattivi rapporti, ma non vedo alcuna ragione per cui noi non potremmo andare d'accordo.»

Pur avendo parecchi anni più di me, Virginia possedeva una grazia e una nonchalance che non avrei mai avuto. I suoi capelli biondi erano evidentemente tinti, anche se non si vedevano segni di ricrescita, e i suoi occhi verdi mi fissavano con un'espressione pacata e intelligente che trovavo confortante.

«Gradisci un tè freddo?» mi chiese dirigendosi leggiadra verso la cucina.

«Sì, grazie.» Sapevo che sarebbe stato scortese rifiutare, ma anche decisamente stupido bere qualsiasi cosa mi avesse portato, considerando che non sapevo se fossimo effettivamente in buoni rapporti. Tuttavia, nonostante gli avvertimenti di Merlino, quella donna mi piaceva. Qualcosa di lei mi aveva subito attirata, anche se non avrei saputo spiegare cosa. Forse noi famigli avevamo in comune qualcosa di più del nostro ruolo. Era a questo che pensavo mentre me ne restavo impacciata di fianco alla porta, in attesa.

Virginia prese uno stampo per cubetti di ghiaccio, lo ruppe e ne mise parecchi in ciascuno dei due bicchieri.

Concentrati! Dovevo restare concentrata, tenere a mente lo scopo di quella visita.

Mmm. Potevo limitarmi a lasciare il diario sul tavolino accanto all'ingresso?

No, no, troppo evidente.

«Vieni. Andiamo a sederci.» Virginia mi condusse al divano a fiori kitsch che avevo notato la prima volta ed entrambe ci accomodammo con i nostri tè. Mi sorrise cordialmente, come se fossimo vecchie amiche e non conoscenti che si erano appena incontrate.

Posai la borsa sul pavimento accanto ai miei piedi. Quando si fosse distratta, avrei potuto prendere il diario e buttarlo sotto al divano, dove prima o poi l'avrebbero ritrovato. Dovevo solo aspettare l'occasione giusta.

«Non sai ancora quasi nulla» puntualizzò lei. Quando vide che la fissavo con diffidenza, aggiunse: «Della vita da famiglio.»

Annuii e finsi di bere un sorso dal mio bicchiere.

Il suo sorriso svanì di colpo. Anche i suoi rassicuranti occhi verdi in un attimo si fecero taglienti: «Le faide dei nostri maghi sono anche nostre. Non abbiamo alcuna autonomia nel loro mondo quindi, se i nostri gatti sono nemici, lo siamo anche noi.»

Tossii e posai il bicchiere di tè sul tavolo. Non c'era bisogno di salvare le apparenze se intendeva mostrare così apertamente la propria ostilità.

«Ne sei proprio sicura?» chiesi inarcando un sopracciglio. «Mi sembra una sciocchezza. Maghi e famigli non dovrebbero fare fronte comune?»

«Non è una decisione che spetta a noi. Ora che ci siamo presentate spero che tu sia soddisfatta. Puoi finire il tuo tè e andartene.» Virginia scolò il suo in un solo sorso, poi si allontanò lungo il corridoio e sparì in un'altra stanza.

Dovevo agire in fretta. Qualcosa mi diceva che, se non me ne fossi andata prima che facesse ritorno, non avrei più avuto la possibilità di farlo. Il suo rapido voltafaccia mi aveva colta alla sprovvista. E mi aveva anche spaventata. Un giorno sarei diventata anch'io come lei? Era quella la vita a cui il mio gatto mi aveva condannata scegliendomi come suo famiglio?

Desiderosa di andarmene da lì al più presto, rovesciai la borsa di lato con il tallone, cercando di farlo sembrare un movimento accidentale, nel caso in cui qualcuno mi stesse osservando. Poi mi chinai a prenderla, accertandomi di spingere il diario il più lontano possibile.

Soddisfatta, portai il bicchiere ancora intatto in cucina e lo rovesciai nello scarico del lavello, poi uscii in cortile e mi precipitai verso l'auto.

Con buona pace della diplomazia.

Qualsiasi problema avessero i nostri gatti, avrebbero dovuto trovare il modo di risolverselo da soli.

14

Ripensai allo strano incontro con Virginia per l'intero tragitto fino a casa. Al modo repentino con cui era passata da garbata a spaventosa nel giro di un solo istante. Merlino mi aveva detto che i famigli non avevano poteri magici, ma il cambiamento di personalità di Virginia non mi era parso affatto naturale. Era possibile che Luna le avesse fatto un sortilegio?

E, cosa più importante: Merlino mi avrebbe fatto qualcosa di simile?

La questione non mi piaceva per niente. Era troppo tardi per dirgli 'Grazie, ma anche no' e lasciare che trovasse qualcuno di più adatto a trascorrere l'intera vita come servo di un mago?

Purtroppo avevo la sensazione che, ovunque fossi

andata, il mio gatto mi avrebbe trovata e riportata indietro. E comunque, a parte essere un po' rude, non mi aveva fatto del male in alcun modo. Anzi, in realtà aveva promesso di proteggermi, almeno per quanto riguardava l'indagine sull'omicidio di Harold.

In ogni caso, ci aspettava una bella chiacchierata prima che potesse chiedermi di fare qualsiasi altra cosa. In base alla lezione numero due dovevo fidarmi di lui, ma anche lui doveva potersi fidare di me. E doveva darmi delle istruzioni se si aspettava che mi adattassi alla mia nuova vita.

Sì, ci saremmo fatti una lunga chiacchierata, se solo fossi riuscita a trovarlo. Trassi un profondo respiro e aprii la porta di casa, più che pronta per un confronto faccia a muso.

Ma non trovai Merlino ad attendermi.

Scoprii, invece, che durante la mia breve assenza la casa era stata perquisita e messa a soqquadro. Ero stata via solo una mezz'ora al massimo, ma i cuscini erano stati tirati via dal divano, le sedie rovesciate e così via, ogni cosa era sottosopra.

Cercando di pensare in fretta, afferrai una scopa dal ripostiglio e mi inoltrai in casa brandendone l'estremità come una mazza da baseball.

«Chi è là?» gridai lanciando occhiate di fuoco per tutta la stanza. Chi avrebbe potuto svaligiarmi la casa in pieno giorno? E perché? Non possedevo nessun oggetto di valore.

All'improvviso la scopa mi volò via di mano e, roteando in aria, scattò all'indietro inchiodandomi contro il muro.

«Dov'è?» chiese imperiosamente un gatto bianco e slanciato, avvicinandomisi in punta di piedi. *Luna!*

«Lasciami andare!» implorai cercando di allontanare la scopa. Ma la sua magia si dimostrò ben più forte dei miei muscoli.

«Non finché non mi avrai detto dov'è!» Si fermò a pochi centimetri da me, sollevò una zampa ed estrasse gli artigli: «Dimmelo subito!»

Avrei potuto fare la finta tonta e fingere di non sapere di cosa stesse parlando, ma mi sembrava più sicuro arrendermi alla sua richiesta: «Il diario?» domandai.

Spalancò gli scintillanti occhi verdi: «Quindi ammetti di averlo rubato?»

«Ammetto di averlo preso, ma l'ho anche restituito. Mi dispiace.»

«Non hai idea della gravità di ciò che hai fatto! Di quanti problemi hai causato!»

«Mi dispiace moltissimo. Ti prego, ora lasciami andare» la scongiurai mestamente.

«No!» disse con un ruggito bestiale. «Sei stata tu a dare inizio a questa storia e sarai tu a farla finire.»

La scopa cadde a terra e io barcollai in avanti. Ma subito una delle sedie in legno mi colpì violentemente da dietro. Caddi, finendoci seduta sopra, e la scopa si sollevò di nuovo, premendomi contro lo schienale e impedendomi di muovermi.

«Ti prego...» gridai, stavolta in lacrime. «Non ho chiesto io di diventare il famiglio di Merlino. Non volevo niente di tutto questo.»

«Ora vieni con me» disse Luna e sbatté le palpebre una, due volte...

E rieccoci al suo cottage. «Ora mi ucciderai?»

«Dov'è il diario?» soffiò lei, ignorando la mia domanda e la mia disperazione.

«Sotto il d-d-divano» balbettai, ritenendo del tutto inutile mentire a quel punto.

La gatta slanciata si precipitò sotto il sofà e ne uscì con il diario stretto fra le mascelle.

Io rimasi bloccata sulla sedia; potei solo restare a guardarla mentre faceva levitare il libro sul tavolino da caffè e ne scorreva le pagine.

«Che stai facendo?» sbottai.

«Questo non ti riguarda.» Luna mi saltò in grembo e mi colpì i pantaloni con una zampa, prese qualcosa e andò a gettarlo nel pozzo in giardino.

Poi corse nuovamente da me, diede un morso ai miei capelli, corse nuovamente fino al pozzo e ci sputò dentro.

«Quello è il tuo calderone?» azzardai.

«Oh, allora almeno qualcosa te l'ha insegnato. Ma non abbastanza da evitare che abboccassi al mio piano.»

«Cosa? Non capisco.»

«Bene, così il tuo caro amichetto non si accorgerà di nulla.»

«Cosa stai tramando?»

«Non sono affari tuoi. Mi limito a rimettere le cose a posto.» Andava avanti e indietro in giardino, strappando varie foglie e fiori che poi lasciava cadere nel pozzo.

La osservai affaccendarsi per almeno venti minuti, ma niente di ciò che dissi la convinse a rivelarmi qualcosa di più. Poco dopo, una nuvola color smeraldo lucente si innalzò dal pozzo e Luna emise una risatina infantile anziché crudele.

«Purrfetto!» esclamò. «Ora torna a casa e versa questa nella ciotola dell'acqua del tuo signore.»

Con la zampa spinse una boccettina di plastica vuota nel pozzo; quando la riportò su con la magia, questa conteneva una piccola quantità di liquido. Non più di mezzo dito.

«Non lo farò!» dissi, lottando ancora per liberarmi dalla presa ferrea della sedia e della scopa.

Luna rise di nuovo quando la scopa si spezzò e la sedia si sbriciolò in un cumulo di segatura. «La cosa divertente è che non hai scelta. E non potrai nemmeno avvertirlo. Fa parte dell'incantesimo.»

«Per questo hai preso una ciocca dei miei capelli.»

«Sì. E del suo pelo. È una vera fortuna che ne perda così tanto e che non sappia resistere a saltarti in grembo, eh?»

«Non so cosa stai architettando, ma non riuscirai a farla franca.»

«Ci sono già riuscita» disse lei con un ghigno.

Sbatté le palpebre una, due volte...

E mi ritrovai a casa con la boccetta stretta fra le mani. Senza riuscire a fermarmi, ne versai il contenuto nella ciotola di Merlino. Appena terminai, il contenitore di plastica si dissolse nell'aria e svanì.

No, no, no! Mi sforzai di afferrare la ciotola, ma una forza misteriosa mi tratteneva, impedendomi di farlo. Non potevo evitare in alcun modo che i piani di Luna si realizzassero e non riuscivo nemmeno a trovare Merlino per tenere d'occhio la situazione.

Cosa sarebbe accaduto ora?

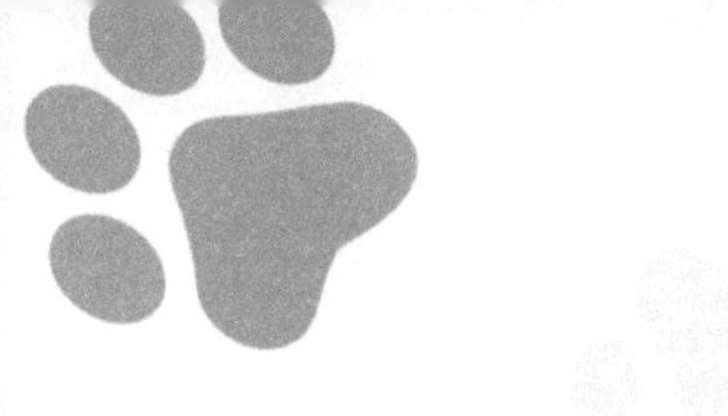

15

A un certo punto dovevo essermi addormentata, perché la prima cosa di cui mi resi conto fu il sole che filtrava tra le persiane della mia camera da letto, colpendomi direttamente gli occhi.

Merlino mi saltò sul petto e mi sfiorò il viso con la folta coda: «Dormi parecchio per essere un'umana. Sei certa di non essere almeno in parte gatta?» scherzò. Un sorrisetto caustico gli si disegnò fra le vibrisse bianche.

Fu allora che tutto mi tornò in mente: Luna, la pozione, il mio ruolo in tutta quella situazione.

«Merlino!» gridai stringendolo forte al petto. «Stai bene!»

Lottò per liberarsi dalla mia presa e fece un balzo

per portarsi fuori dalla mia portata, guardandomi come se fossi impazzita: «Certo che sto bene. Perché non dovrei?»

Strani spasmi sulla schiena gli scuotevano la pelliccia, un segnale evidente del fatto che avevo oltrepassato il limite.

«Perché io—» iniziai, ma mi interruppi bruscamente.

«Beh, ieri—» ritentai. «L—»

Ma ogni volta che provavo a parlare mi bloccavo e non riuscivo a proseguire.

«Ti stai comportando in modo strano» disse il mio gatto, le orecchie premute contro la testa.

E aveva ragione: mi comportavo davvero in modo strano e non sapevo come fare a smettere. Forse se avessi provato a parlare di qualcos'altro...

«Vuoi la colazione?» chiesi con noncuranza e, come previsto, riuscii a finire la frase senza venire interrotta per magia. Qualsiasi cosa avesse combinato Luna, mi era impossibile aggirare il suo incantesimo.

Se fossi stata più esperta in ambito magico, o se qualcuno mi avesse aiutata, magari sarei riuscita a trovare un modo... ma solo Merlino avrebbe potuto darmi delle risposte e io, al momento, ero impossibilitata a porgli le domande che mi servivano.

«Certo che voglio fare colazione! C'è bisogno di

chiederlo?» Merlino saltò giù dal letto e sgattaiolò fuori dalla porta.

Lo seguii, attanagliata dalla preoccupazione.

In cucina vidi che aveva svuotato completamente la ciotola dell'acqua. Avrei voluto chiedergli come si sentisse dopo aver bevuto la pozione preparata da Luna, ma non ci riuscii. Così mi limitai a scuotere il capo e a riempirgliela di nuovo con l'acqua del rubinetto.

«Oggi vai al lavoro?» mi chiese mentre aprivo una lattina di cibo umido per gatti e gliela versavo nella ciotola.

«No, oggi no.»

«Bene, così potremo proseguire con il tuo addestramento.» Detto questo, si concentrò sulla colazione.

Far passare il tempo in attesa di vedere gli effetti dell'incantesimo di Luna era una tortura. Ero lieta che finora tutto sembrasse normale, ma quella spada di Damocle mi rendeva difficile concentrarmi su qualsiasi altra cosa.

«Non prepari il caffè?» mi chiese Merlino dopo un po'.

Lanciai uno sguardo alla sua ciotola e vidi che si era già spazzolato tutta la colazione. Accipicchia, dovevo essere rimasta imbambolata per parecchi minuti.

«Sì, il caffè.» Così dicendo, mi diressi come uno zombie verso la Keurig per preparare il distillato di energia liquida.

«Lezione numero tre» annunciò Merlino dal suo posticino sul pavimento di linoleum della cucina. «Mi rappresenti in tutto ciò che fai. Se fai qualcosa di buono, ne trarrò beneficio. Se fai qualcosa di male o di sbagliato, sarò io a subirne le conseguenze.»

«Perché mi dici questo?» chiesi nervosamente.

Lui mi fissò senza sbattere le palpebre, perfettamente immobile: «Per evitare che combini dei pasticci.»

Deglutii con forza. Avevo già combinato un pasticcio, ma non avevo modo di dirglielo. Accidenti!

«Tu non hai poteri magici» proseguì, ignaro del mio violento conflitto interiore. «Ma fungi da serbatoio. Una specie di calderone vivente, se vogliamo. La tua presenza amplifica i miei poteri. Più tempo trascorriamo insieme, più la mia magia si legherà a te. Non puoi utilizzarla, ma solo contenerla, affinché io possa usarla in futuro.»

Questa era una grande rivelazione, di gran lunga troppo grande perché potessi comprenderla prima di una buona dose di caffeina mattutina.

Merlino saltò sul piano della cucina e mi fissò in volto: «In effetti, sembra che tu ne abbia già raccolta abbastanza.»

«Cosa?» gracchiai portandomi le mani al viso.

Il mio gatto mi rivolse un sorrisetto: «Lo capisco dai tuoi occhi.»

«Cos'hanno i miei occhi che non va?»

«Smetti di agitarti e vai a vedere tu stessa.»

Marciai in bagno e accesi la luce. Anziché marrone scuro come al solito, ora i miei occhi erano di un verde intenso.

«Sono verdi!» gridai, incapace di credere a ciò che vedevo riflesso nello specchio. «Perché?»

«Beh, è molto semplice» disse Merlino, comparendo nel corridoio accanto alla porta del bagno. «Gli occhi sono la finestra dell'anima. Il verde è il colore della magia. Ora contieni della magia, quindi la tua anima si è tinta di verde.»

«Ma hai detto che non ho poteri magici» obiettai perplessa. Era davvero difficile fidarsi di ciò che diceva quando c'erano così tante contraddizioni.

Merlino sbadigliò e si stiracchiò in una posizione yoga: «Non hai poteri magici, ma hai in te della magia. Si tratta di una differenza sottile, ma prima o poi lo capirai» mi assicurò.

O Merlino si fidava davvero molto di me, o era

troppo testardo per ammettere di aver sbagliato a scegliermi come famiglio. E in quel preciso momento non mi importava quale fosse la verità.

Accidenti! Perché la mia vita era diventata così complicata?

16

Speravo ancora di poter avvertire Merlino di ciò che aveva fatto Luna, ma i vincoli magici mi zittivano ogni volta, anche solo se ci pensavo troppo.

Per evitare che la giornata si rivelasse una totale perdita di tempo, decisi di parlargli di un argomento più sicuro: l'indagine di omicidio ancora in corso.

«Merlino?» gli chiesi mentre mi preparavo una seconda tazza di caffè. «Puoi usare la magia per scoprire chi ha ucciso Harold?»

Lui ci rifletté su per qualche istante, inseguendo un raggio di sole che lentamente si spostava attraverso il soggiorno: «È possibile. Ma ho bisogno di vedere il cadavere per farlo.»

Rabbrividii: «Teniamoci l'irruzione all'obitorio

come piano B» suggerii avvolgendomi il torso con le braccia.

«Come vuoi» rispose lui. Poi chiuse gli occhi e iniziò a fare le fusa. «Se hai bisogno di me, sai dove trovarmi.»

Sì, lo sapevo. Almeno per il momento. Prima, il suo costante andirivieni non era mai stato un problema. Ma ora? Ora ogni volta che non eravamo insieme c'era il rischio che uno dei due venisse rapito.

Oh, se solo avessi potuto avvertirlo!

Sapevo che era diventato mago a pieno titolo solo da poco: aveva accennato al fatto che questo succedeva solo quando un gatto sceglieva ufficialmente un famiglio. Ma mi sembrava che quel suo atteggiamento rilassato potesse mettere entrambi in pericolo. E io ero una novellina totale nel mondo della magia, quindi lui non aveva motivo di starmi a sentire se gli avessi chiesto maggior protezione.

Considerando che non potevo spiegargli perché ne avevo bisogno, la situazione non aveva vie d'uscita.

Sospirai e aggiunsi un po' di latte alla mia tazza di caffè, che presi a mescolare mentre riepilogavo mentalmente ciò che sapevo sulla morte del mio capo. Sarebbe stato più facile concentrarsi sui problemi legati al mondo magico una volta risolti quelli più terra terra.

Ovviamente non avevo mai parlato con Harold di questioni che non riguardassero il lavoro, ed era perfettamente plausibile che fosse stato un qualche evento della sua vita personale a portarlo a prematura dipartita. Ma poiché c'era il mio futuro in gioco, era meglio prendere attentamente in considerazione tutti gli indizi di cui disponevo.

Innanzi tutto, il fatto che Kelley, la figlia che non aveva mai conosciuto, fosse entrata da poco nella sua vita. E che la madre della ragazza avesse cercato di evitare l'incontro tra padre e figlia. Inoltre, Kelley era presente quando Harold aveva esalato l'ultimo respiro, ma era decisamente troppo sconvolta per poter rientrare tra i sospettati.

Quel giorno era presente anche Drake. Ora che ci pensavo, non l'avevo più visto da allora. Era possibile che odiasse il nostro capo al punto da avvelenarlo?

Presto o tardi avrei dovuto approfondire la questione.

Non c'era praticamente nessuno alla caffetteria a parte noi tre e Harold. L'unica cliente era rimasta seduta in un angolo a bere il suo caffè e se n'era andata non appena glielo avevamo chiesto.

Mmm.

Un'altra ipotesi da prendere in considerazione era che il veleno fosse destinato a me e che la morte di

Harold fosse stata solo un danno accidentale. Più ci pensavo, più temevo che potesse davvero essere andata così. Avevo assistito per la prima volta a una magia di Merlino subito prima di uscire per andare al lavoro. Si era trattato di una prova per capire se ero pronta a diventare il suo famiglio—così mi aveva detto. Poi quella sera mi aveva rivelato di essere un mago.

Sapevo già che Luna era nostra nemica e che abitava nelle vicinanze. E che era folle abbastanza da rapirmi e preparare una qualche pozione vudù che mi aveva costretta a far bere al mio gatto.

Lo aveva forse fatto perché il suo primo tentativo di liberarsi di me era fallito, quando il veleno era finito nelle mani di Harold?

L'agente Dash aveva accennato a un esame tossicologico, ma non aveva mai parlato degli esiti. Era stato portato a termine? Eravamo proprio sicuri che si fosse trattato di veleno o poteva esserci di mezzo una magia di qualche genere?

Tanti dubbi e nessuna risposta. Forse, se avessi prestato molta attenzione nel formulare le domande, Merlino avrebbe potuto fornirmi, seppur indirettamente, delle informazioni utili su Luna. Finii il caffè e mi sedetti accanto a lui sul tappeto del soggiorno.

«Hai idea di chi potrebbe aver ucciso Harold?» gli chiesi a bassa voce.

Lui tenne gli occhi chiusi, ma torse le vibrisse, facendomi capire che aveva sentito e che, però, la questione non gli piaceva: «Vuoi che ci intrufoliamo all'obitorio?»

Rabbrividii a quel pensiero: «Non puoi andarci senza di me?» chiesi. Io avrei decisamente preferito evitare. «Ti teletrasporti, verifichi e torni.»

«Potrei» disse, aprendo un occhio per guardarmi. «Ma non sarei in grado di riconoscerlo.»

Che schifo! Non avevo nessuna intenzione di andare a passare al setaccio i cadaveri, ma non volevo neanche finire in prigione. Sarei riuscita ad accettare di farlo per un buon motivo come quello?

«Hai una sua foto?» mi chiese il felino rotolandosi e alzandosi in piedi su tutte e quattro le zampe.

Oh, una foto! Ma certo! Perché non ci avevo pensato?

«Fammi cercare la pagina del locale su Facebook. Sono certa che lì ce ne sarà almeno una che vada bene» gli dissi correndo a cercare il tablet.

Perché non ci era venuto in mente prima?

Beh, meglio tardi che mai, immagino...

17

Non mi ci volle molto per trovare una foto di Harold sulla pagina Facebook della caffetteria. Anche se l'Harold's House of Coffee aveva solo una manciata di like, la buonanima del proprietario non aveva perso l'occasione per farsi immortalare e mostrare a tutti quanto si credesse importante.

«Così va bene» mi informò Merlino quando gli mostrai l'immagine. «Ma non posso teletrasportarmi direttamente all'obitorio, quindi questa missioncina richiederà un po' più di tempo.»

«Perché non puoi?» chiesi, a disagio al pensiero di trovarmi lontana da lui—e dalla sua protezione magica—per un periodo prolungato.

«Per lo stesso motivo per cui ci siamo teletrasportati all'esterno della casa di Luna per poi passare attraverso la finestra: se vai in un posto che non puoi vedere e che non conosci bene, rischi di trovarti bloccato in un muro o in qualche altra situazione poco piacevole» mi spiegò il mago a quattro zampe.

«Oh» dissi stupidamente.

«Lezione numero quattro: la magia è molto più difficile da esercitare di quanto possa sembrare» annunciò, scrocchiando il collo da entrambi i lati.

«Inizio a rendermene conto.»

Udimmo bussare alla porta e lanciai un rapido sguardo in quella direzione. Quando mi voltai di nuovo, Merlino era già sparito.

Sbuffai e andai a vedere cosa voleva stavolta l'agente Dash. Perché, sì, sapevo già che si trattava di lei. L'avevo sentito così tante volte negli ultimi due giorni, che ormai riconoscevo il suo modo di bussare.

Bang. Bang. Toc, toc, toc. BANG!

Spalancai la porta pensando che, se questa volta non si fosse comportata in modo più professionale, sarei filata dritto in commissariato per sporgere reclamo. Ciò mi diede un minimo di soddisfazione, mentre mi apprestavo a un altro faccia a faccia con quella che, al momento, era la persona che più detestavo al mondo.

«Abbiamo i risultati dell'esame tossicologico» mi

informò l'agente Dash, infilandosi un dito in uno dei passanti della cintura.

Incrociai le braccia e rimasi immobile sulla soglia, impedendole di entrare in casa mia: «E...?»

L'agente infilò l'altro pollice nel passante della cintura e prese a dondolarsi sui talloni: «Liquido antigelo. Ben pochi ne hanno bisogno in estate a Elderberry Heights. Ma lei ha detto che viene dal nord, giusto?»

«Dal Michigan» riuscii a dire con una stretta allo stomaco. «Con questo dove vuole arrivare?»

«E quella parcheggiata lì nel vialetto è la sua auto?»

«Sì.» Non mi piaceva affatto dove stava andando a parare la conversazione.

«Ok» si limitò a dire la poliziotta.

«Avanti, non può pensare davvero che questo significhi che sono colpevole! L'antigelo è facile da procurarsi, anche qui in Georgia del sud, ne sono certa.»

Estrasse quel suo stupido taccuino.

«*Ok. Ma certo.* E lei come fa a saperlo?»

«Non ho ucciso Harold» dissi a denti stretti.

«Certo che no.» Sorrise. «Tornerò con un mandato di perquisizione. Oh, e non lascerei la città se fossi in lei.»

Fantastico.

Richiusi violentemente la porta non appena la poliziotta si allontanò. Sembrava un gatto che sta per mangiarsi il topo, così felice di azzannare la preda da non riuscire ad accorgersi di nient'altro... Come il fatto che non fossi colpevole!

Il cellulare mi vibrò in tasca. Lo tirai fuori e vidi che era un messaggio da parte di Kelley.

Ho detto a mia madre che ci saremmo viste per pranzo. Ha insistito per venire anche lei.

Mmm. Quindi la madre di Kelley era in città e le stava creando problemi.

Dove? risposi.

Al BBQ Shack alle 12.

Ci vediamo lì.

Pensavo ancora che l'agente Dash si stesse arrampicando sugli specchi per chiudere il caso in fretta, ma se la sua teoria del liquido antigelo era giusta, allora c'era almeno un'altra sospettata proveniente da un posto più freddo.

E io stavo per andare a pranzo con lei.

18

Nonostante lo sperassi con tutta me stessa, Merlino non fece ritorno prima che uscissi per quell'inaspettato appuntamento a pranzo. Avrei voluto potergli chiedere di tornare, ora che l'agente Dash mi aveva rivelato la causa precisa della morte di Harold, ma purtroppo non avevo modo di mettermi in contatto con lui.

Supponevo, comunque, che l'avrebbe scoperto presto. E io avrei dormito sonni un po' più tranquilli sapendo che il povero Harold non era stato ucciso tramite mezzi magici.

Mi applicai il solito trucco poi, insoddisfatta del risultato, mi lavai la faccia eliminandolo completamente. L'ombretto blu acceso che utilizzavo per ravvivare il marrone scuro dei miei occhi era ridicolo con quelle iridi verde intenso. Avrei dovuto aggiungere alla lunga lista delle cose da fare anche un giretto al supermercato nella corsia dedicata ai cosmetici per trovare qualcosa di più adatto... o abituarmi ad andare in giro struccata.

Ah ah, giusto! Non avevo rughe o brufoli da coprire, ma il semplice fatto di applicare qualche prodotto sul viso mi dava una certa sicurezza. Sapere di avere un aspetto curato mi aiutava ad affrontare la giornata. Non ero mai stata una bellezza mozzafiato, ma mi piaceva mostrare agli altri che mi prendevo cura di me stessa e del mio aspetto. Era un'abitudine che mia madre mi aveva trasmesso fin da quando ero molto giovane. Ricordavo ancora con affetto i momenti trascorsi ad applicare il fondotinta e il fard, una di fianco all'altra, davanti al grande specchio del bagno, ai tempi delle medie.

Sorrisi al pensiero di mia madre nella nostra vecchia casa in Michigan. Quando l'indagine fosse stata ufficialmente chiusa avrei dovuto chiamarla per raccontarci le ultime novità. Purtroppo se l'avessi chiamata prima si sarebbe accorta del mio tentativo di nascondere l'ansia.

Quindi dovevo aspettare.

Tra la questione di Harold, di cui io e Merlino avevamo parlato a volontà, e quella di Luna, di cui non riuscivo a parlare, non ero riuscita a fare colazione; così, quando giunsi al ristorante, il mio stomaco aveva iniziato a intonare un'imbarazzante litania di brontolii e gorgoglii.

Il BBQ Shack era una leggenda in città e spesso si doveva attendere a lungo anche solo per riuscire a sedersi a un tavolo. Non c'ero mai stata ma, non appena misi piede all'interno e sentii l'intenso profumo della carne alla griglia, mi venne l'acquolina in bocca.

Kelley era già seduta a un tavolo nella parte anteriore del locale e mi fece cenno di raggiungerla. Quando arrivai, si alzò in piedi e mi presentò sua madre, una donna dall'aspetto arcigno, così magra che le guance risultavano infossate. «Gracy, questa è mia madre. Mamma, lei è Gracy.»

La madre di Kelley rimase seduta, ma mi porse la mano e strinse fiaccamente la mia. Non saprei dire se non mi piacque a pelle o se la mia fosse una reazione negativa all'idea di non piacerle, ma mi sentii subito molto a disagio. L'unico aspetto positivo era che l'allegro chiacchiericcio degli altri avventori era abbastanza forte da coprire i brontolii emessi dal mio stomaco.

Nessuna delle tre disse altro, finché la cameriera arrivò a chiedermi cosa volessi ordinare da bere.

Kelley e sua madre avevano già davanti due Arnold Palmer, così ne ordinai uno anch'io.

Quando fu evidente che Kelley non sapeva cosa dire e che sua madre non aveva intenzione di avviare una conversazione, intrecciai le dita di fronte a me e presi l'iniziativa: «Allora, che ne pensa di Elderberry Heights, signora...?» *Accidenti!* Non sapevo nemmeno il cognome di Kelley.

«Carmine» rispose Kelley al posto della madre con un sorrisino tirato.

«E la pregherei di chiamarmi signorina! Non mi sono mai sposata dopo che un certo tizio ha spento una volta per tutte ogni mia velleità sull'amore e il matrimonio.» La signorina Carmine tirò su col naso e prese il piccolo contenitore pieno di bustine di zucchero multicolore e dolcificanti artificiali.

«Mamma!» gemette Kelley sbattendo i talloni contro la sedia con un tonfo che riecheggiò attraverso il tavolo. «Avevi promesso di non parlare più di papà.»

«Beh, non è colpa mia. È stata la tua amica a tirare fuori l'argomento. E non chiamarlo papà. Quell'uomo non è mai stato un padre per te.»

«Io non... Non volevo, sono spiacente di—»

«No, no. Non ti devi scusare» mi disse Kelley con dolcezza. Poi si girò per lanciare un'occhiataccia a sua madre: «Smettila di parlare male di lui. Ho capito che le cose tra voi sono andate male, ma quel pover'uomo è appena morto. Abbi un po' di rispetto!»

La signorina Carmine sbuffò e versò due bustine di dolcificante a zero calorie nella sua bevanda, mescolando poi vigorosamente con la cannuccia.

Poiché la situazione era ancora tesa, decisi di pungolarla un po': «Cosa è successo fra voi?»

Kelley spalancò gli occhi e arricciò le labbra, ma evitò di ribattere. La sua espressione diceva già tutto. L'avevo tradita nel peggior modo possibile.

Detestavo il fatto di averla ferita, ma avrei potuto scusarmi in seguito. Mi avrebbe ringraziata se fossi riuscita a consegnare alla giustizia l'assassino di suo padre—anche se fosse venuto fuori che il colpevole era sua madre.

«Cos'è successo tra noi?» ripeté la signorina Carmine con voce tetra e agitata. «Cos'è successo tra noi?»

Kelley appoggiò una mano sulla spalla di sua madre e mimò con le labbra qualcosa che non riuscii a capire. «La solita, vecchia storia tipo lei ama lui, lui la tradisce e vivono per sempre infelici e scontenti» mi disse. Poi sollevò un braccio e gridò: «Cameriera! Siamo pronte per ordinare!»

«Non soltanto mi ha tradita» sbottò la signorina

Carmine. «L'ha fatto con la mia compagna di stanza, che era anche la mia migliore amica. Non avevo altro posto dove andare, così lasciai la città. Giurai che, se avesse osato ripresentarsi alla mia porta, l'avrei fatto fuori con le mie stesse mani.»

«Mamma!» gridò Kelley balzando in piedi. «Ora basta!»

La signorina Carmine sorseggiò il tè in silenzio. Dopo essersi tolta quel peso dal petto, il suo umore migliorò per il resto del pranzo.

Per tutto il tempo che trascorremmo a mangiare e chiacchierare, continuai a chiedermi: 'La madre di Kelley ha appena confessato di aver ucciso Harold?'

E in tal caso, cosa avrei dovuto fare?

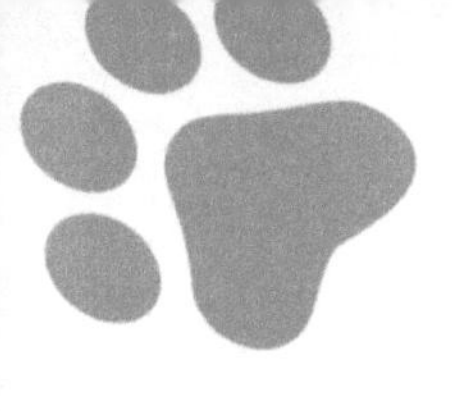

19

uando tornai a casa dopo pranzo, trovai il mio gatto che mi aspettava davanti alla porta.

«Dove sei stata?» mi chiese sbattendo la coda con rabbia.

«C'è stato un problema e ho dovuto dare una mano a un'amica» gli spiegai attraversando la stanza e lasciandomi cadere sul divano.

«Profumi di salsa barbecue» osservò in tono accusatorio, il naso che gli fremeva.

«Ho dovuto portarla a pranzo fuori. Ma non è questo il punto.» Mi chinai in avanti e congiunsi le mani: «Credo di sapere chi ha ucciso Harold.»

Merlino saltò sul divano accanto a me e mi permise di accarezzarlo, facendo scorrere le dita nella sua folta pelliccia: «Quindi hai capito tutto? Illuminami, allora.»

«È stata la signorina Carmine. È la madre di Kelley, una delle altre bariste. Harold era il padre di Kelley. Le cose sono finite parecchio male tra i due, dai retta a me. Se ci aggiungi il fatto che Harold è stato avvelenato con il liquido antigelo, che l'agente Dash è convinta che sia stato qualcuno che non è del posto a commettere il crimine e che quella donna, a pranzo, ha praticamente confessato, la conclusione può essere una sola.»

«Interessante» disse Merlino dal suo posticino accanto a me. «Giusto un pelino scorretto, ma interessante.»

«Scorretto?» Sentii un tuffo al cuore e ritrassi la mano. «Cosa te lo fa pensare? Ci ho riflettuto a lungo e ormai ne sono certa: è stata la signorina Carmine!»

«Non è che *penso* che ti sbagli. Lo so per certo.» Si alzò e gonfiò orgogliosamente il petto ricoperto di folta pelliccia: «Ho fatto visita al nostro vecchio amico Harold e posso affermare con assoluta certezza che è stato avvelenato con una pozione magica. Non con... cos'è che hai detto? Liquido antigelo?» ridacchiò sommessamente e scosse il capo.

«Ma l'agente Dash ha detto che—»

«L'agente Dash mente» disse in tono piatto.

No, non aveva alcun senso e glielo avrei detto se mi avesse lasciato finire la frase. «Perché un agente di polizia dovrebbe mentire?»

Merlino chinò il capo, le orecchie piegate all'indietro per l'inquietudine: «Questa sì che è una bella domanda. E non puoi andare a chiederlo a lei perché mentirebbe di nuovo.»

«Vado in commissariato» dissi dirigendomi alla porta. «Qui qualcosa non quadra.»

«Vengo con te» insistette.

«Vuoi usare il teletrasporto? Perché la stazione di polizia è in una strada parecchio affollata. Qualcuno potrebbe vederci.»

Merlino saltò giù dal divano e si voltò a guardarmi: «Tu vai in auto. Ci vediamo lì. Prima devo occuparmi di una piccola faccenda con il calderone.»

«Cosa devi fare? Non possiamo andare in macchina insieme? Mi sentirei più al sicuro se tu venissi con me.» Ero messa proprio male se avevo bisogno della presenza del mio gatto per sentirmi al sicuro.

Ma lui non cedette alle mie suppliche: «Sono un gatto, Gracy. I gatti detestano le auto. Arriverò al commissariato prima di te e ti aspetterò lì. Mi servono giusto un paio di minuti per finire di preparare una pozione della verità. Essendo un mago del cielo, posso somministrarla per via aerea. Quell'agente dovrà solo... come hai detto che si chiama, Nash?»

«Dash» lo corressi. «È quella sempre arcigna e sgarbata, ricordi?»

Lui sogghignò, mettendo in mostra le zanne bianche come perle: «Dash, ok. Come faccio a ricordarmela se non l'ho mai vista?»

«È venuta qui due volte in meno di ventiquattro ore. Come mai non c'eri per nessuna delle sue visitine?»

«Non saprei, ma non preoccuparti. La pozione della verità che ho preparato sarà un gas, non un liquido. Basterà che io gliela soffi addosso e che lei la respiri affinché l'incantesimo abbia effetto. In pochi minuti sapremo tutta la verità.»

«Bene, perché non ne posso più di questa indagine.»

Merlino scosse il capo: «Devi temprarti. Come famiglio, dovrai gestire situazioni ben peggiori.»

Alzai gli occhi al cielo: «Che bello. Non vedo l'ora.»

Era evidente che Merlino non apprezzava quell'atteggiamento, ma ciò non mi impediva di sentirmi esausta, spaventata e di pessimo umore.

«Ora basta con il sarcasmo. Non è un atteggiamento appropriato per un famiglio» sibilò.

«Non sono solo un famiglio. Sono una persona!» gli ricordai, senza sapere bene da dove venissero quelle parole. Suppongo fossero cose non dette, domande rimaste senza risposta per troppo tempo, anche se, in realtà, di tempo non ne era passato poi molto.

«Perché hai scelto me?» sbottai.

Merlino si voltò a fissarmi negli occhi. Sbatté lentamente le palpebre, poi si fermò: «Non avevo scelto te, Gracy. Avevo scelto tua nonna. Ero già qui quando sei arrivata, ricordi?»

«Quindi volevi lei, ma ti sei dovuto accontentare di me. Ma certo, sono stata solo un ripiego» strillai. Quella confessione mi aveva ferito ben più di quanto mi sarei aspettata.

«Una coincidenza sì, ma non un ripiego. Ti ho osservata per mesi prima di rivelarti chi sono davvero. Dovevo essere sicuro al cento per cento» disse con dolcezza. «Non avevo progettato che fossi tu, ma sono felice che sia così.»

Abbozzai un sorriso: «Davvero?»

«Davvero. Ma ora basta con le smancerie.» Si diresse alla porta e si fermò di fronte alla gattaiola: «Ora dobbiamo concentrarci su ciò che ci aspetta. Vai direttamente alla stazione di polizia. Niente soste o deviazioni. Vacci subito, io sarò lì ad aspettarti con la pozione della verità pronta. Entreremo insieme.»

«Ok, capo» dissi annuendo. Quella breve chiacchierata mi aveva motivata e fatta sentire meglio. Ok, Merlino non aveva scelto me all'inizio, ma mi aveva scelta adesso.

E questo si sarebbe rivelato estremamente importante.

Con il suo aiuto e incoraggiamento sarei riuscita a cavarmela. Poi, grazie al piano che aveva escogitato, avremmo potuto eliminare il mio nome dalla lista dei sospettati in pochi minuti.

Me la sarei cavata...

Anche perché non avevo altra possibilità.

20

Merlino e io uscimmo di casa a passo di marcia. Lui si diresse in cortile per finire di preparare la pozione, mentre io salii in auto e uscii dal vialetto. Ci volevano cinque minuti per raggiungere il commissariato e questo mi dava un po' di tempo prezioso per riordinare i pensieri.

Secondo Merlino l'agente Dash aveva mentito sulla causa della morte di Harold. Ma per quale motivo? La risposta più semplice era che l'esame tossicologico non fosse in grado di rilevare la presenza della magia e che lei fosse davvero convinta che la causa dell'avvelenamento fosse il liquido antigelo.

Ma l'istinto mi diceva che non era così.

Mi aveva mentito consapevolmente per vedere come avrei reagito? Ma se l'aveva fatto intenzionalmente, significava che sapeva che la vera causa era la magia? O era ancora in attesa del referto conclusivo da parte del team medico?

Mi ero di nuovo persa nel vorticoso mare dei miei pensieri, al punto da dimenticare di prestare attenzione alla segnaletica stradale. Non mi fermai allo stop a un incrocio deserto che portava fuori dal mio quartiere, accorgendomene solo quando ormai era troppo tardi per frenare.

Accidenti! Dovevo smetterla di perdermi nelle riflessioni e iniziare a stare più attenta a quello che facevo. Tutto sarebbe andato meglio dopo la visita in commissariato. E avrei dovuto prendere l'abitudine di accostare quando l'urgenza di riflettere si fosse fatta troppo intensa.

Avrebbe comportato meno rischi per me stessa e per gli altri. E tuttavia...

A quanto pareva quel proposito arrivava troppo tardi, perché una volante della polizia sbucò alle mie spalle e accese la sirena.

No, no, no!

Ok, ero stata colta sul fatto e meritavo di essere sanzionata. Avrei pagato la multa. Ma, al momento, ciò che più mi preoccupava era il ritardo nel raggiungere Merlino alla stazione di polizia. Speravo proprio che quella sosta forzata non richiedesse troppo tempo. E sì, forse Merlino si sarebbe arrabbiato per aver dovuto aspettare qualche minuto, ma cercare di sfuggire alle forze dell'ordine non era un'opzione praticabile, soprattutto considerando che ero diretta proprio al loro quartier generale.

Mugugnando, accostai. La volante si fermò dietro di me e dallo specchietto retrovisore vidi un'agente scendere e chiudere la portiera sbattendola violentemente.

L'agente Dash in persona!

Cavolo, cavolo e ancora cavolo!

Mi fece cenno di abbassare il finestrino e io obbedii all'istante.

«Bene, bene, bene» disse con un ghigno antipatico. «Non riesce proprio a tenersi lontana dai guai, eh Springs?»

«Sono spiacente» mormorai. Detestavo quella situazione con tutte le mie forze.

«Patente, libretto e certificato dell'assicurazione» abbaiò l'agente senza battere ciglio.

Aprii il vano portaoggetti e presi i documenti richiesti, poi estrassi la patente dalla borsa e le porsi anche quella.

«Torno subito» mi disse l'agente Dash.

Restai a fissare davanti a me in attesa che compilasse il modulo e mi consegnasse la multa. Il tempo doveva essere passato molto più in fretta di quanto mi sarei aspettata perché, dopo quelli che mi sembrarono solo pochi secondi l'agente Dash fece ritorno e si piazzò di fianco al lato del guidatore della mia macchina.

«Scenda dal veicolo» mi ordinò con uno sguardo gelido.

«Perché? Perché mai?» strillai.

«Niente domande. Si limiti a fare quello che le ho detto!» gridò.

Quell'improvviso scoppio di rabbia mi spaventò così tanto da farmi scendere incespicando dall'auto, proprio come mi era stato ordinato. Anche se avevo paura, speravo che si comportasse in modo meno terrificante se le avessi obbedito.

«Mani sul veicolo» ordinò.

«Cosa? No. Non ho fatto niente di male!» strillai.

L'agente mi spinse contro il lato dell'auto. Con violenza.

Il dolore mi attraversò la spalla, bruciando ancora di più quando lei mi afferrò i polsi e mi ammanettò.

«Non ho fatto niente» singhiozzai. «Mi lasci andare, la prego!»

«Smettila di piagnucolare e girati verso di me!»

Quando mi voltai, un gigantesco sorriso da Stregatto aleggiava sul volto della poliziotta. Si stava godendo ogni istante di quella scena.

«Non capisco» borbottai. «Ha trovato nuove prove?»

Anziché rispondere, l'agente Dash mi premette una mano sulla spalla e mi costrinse a fissarla negli occhi. Rimasi a osservare in silenzio e in preda al terrore, mentre questi cambiavano colore e forma, passando da un anonimo grigio a un verde intenso.

Lei sbatté le palpebre una, due volte…

21

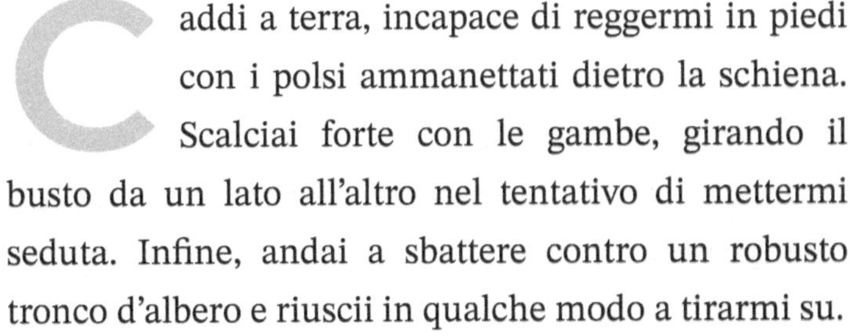

addi a terra, incapace di reggermi in piedi con i polsi ammanettati dietro la schiena.

Scalciai forte con le gambe, girando il busto da un lato all'altro nel tentativo di mettermi seduta. Infine, andai a sbattere contro un robusto tronco d'albero e riuscii in qualche modo a tirarmi su.

Quando ebbi la possibilità di guardarmi intorno, riconobbi quasi all'istante il piccolo cottage con giardino: eravamo a casa di Luna ed ero appoggiata allo stesso albero di magnolia a cui mi ero aggrappata dopo la mia prima esperienza di teletrasporto.

La porta della pittoresca casa di mattoni si spalancò e Virginia corse fuori a piedi nudi. Sulle unghie dei piedi aveva applicato uno smalto perlato color lavanda che non mi sarei aspettata da lei.

«Evviva!» gridò precipitandosi in cortile. «Il momento è finalmente giunto?»

«Sì» disse l'agente Dash alle mie spalle. Mi sforzai di girarmi a guardarla, ma il grosso albero di magnolia mi ostruiva la visuale.

«Cosa volete da me?» gridai, rivolta a chiunque si fosse preso la briga di rispondermi.

«Te lo dico io» annunciò Virginia avanzando verso di me con un'espressione dolce, in netto contrasto con le sue parole al vetriolo. «Ora dovresti essere in prigione, ma il legame fra te e quello stupido gatto si è sviluppato troppo in fretta, quindi bisogna passare al piano B.»

«Non ho ucciso Harold!» protestai lottando per liberare i polsi dalle manette. Sembrava un'impresa impossibile, ma non significava che avrei smesso di provarci. Soprattutto considerando che quella sembrava la classica situazione in cui riuscire a farcela era letteralmente questione di vita o di morte.

«Certo che non l'hai ucciso tu» disse Virginia con un sorriso quasi gradevole. «Sono stata io.»

«Tu?» chiesi con la voce tremante per la paura. Non avevo mai pensato che potesse essere stata lei. Luna sì, ma il suo famiglio privo di poteri magici? Mai e poi mai.

Virginia mi rivolse un sorriso falso: «Non ti

ricordi? Sei stata proprio tu a chiedermi di andarmene dalla caffetteria quel giorno. Ero io quella seduta lì. Ero certa che avessi capito tutto quando ti sei presentata qui ieri, invece non avevi capito proprio niente. Non sei poi così intelligente, in fin dei conti.»

«Eri tu la cliente!» gridai quando, infine, tutti i pezzi del puzzle andarono a posto. Non c'era da meravigliarsi che mi fosse sembrata un volto familiare. Era seduta in bella vista quel giorno. Detective alle prime armi o meno, come avevo fatto a non notare un fatto così fondamentale?

Virginia fece un ampio sorriso. Sentii l'improvviso desiderio di darle uno schiaffo in piena faccia, in parte per ciò che aveva fatto a Harold e in parte per ciò che stava facendo a me. «Vedi, Dash? Alla fine ci è arrivata.»

L'agente Dash non rispose, così colsi l'occasione per porre una domanda di fondamentale importanza: «Ucciderete anche me?»

Il sorriso di Virginia scomparve: «Purtroppo no. Per tua informazione, ci hai complicato un bel po' la vita. La colpa per la morte di quel vecchio miserabile sarebbe dovuta ricadere su di te, in modo che la polizia ti gettasse in cella e buttasse via la chiave prima che il tuo legame con Merlino si rafforzasse. Era la nostra occasione migliore per liberarci di lui, ma tu hai mandato tutto a monte.»

«Cosa?» sbottai lanciandole un'occhiataccia. «È colpa mia? Vuoi anche che ti chieda scusa?»

«Oh, che maleducata! Certo!» Virginia fece qualche respiro lento prima di proseguire. «Tutti gli omicidi che si verificano all'interno della comunità magica vengono individuati all'istante. Se ti avessi uccisa sul colpo sarei stata beccata subito. Ma poiché il tuo capo, Harold, non apparteneva al mondo magico, la sua morte non è stata segnalata.»

«È proprio necessario questo monologo da cattiva?» ringhiò Dash da un luogo in cui non riuscivo a scorgerla. «L'abbiamo presa. Ora dobbiamo liberarci di lei.»

«Quindi *ora* mi ucciderete?» gridai trionfante. Ecco, avevo ragione, ma avrei preferito sbagliarmi.

«Peggio» mi rivelò Virginia con gli occhi che le brillavano. Si stava divertendo un mondo quella maledetta.

«Cosa? E che ci può essere di peggio della morte?» chiesi. Dovevo farla continuare a parlare per dare a Merlino il tempo di trovarmi e venire a salvarmi.

Virginia gettò indietro la testa ridacchiando, nel

perfetto stereotipo della cattiva: «Lo scoprirai presto, cara mia.»

«Ma non capisco. Perché volete liberarvi di me? Che cosa vi avrò mai fatto?»

«Assolutamente niente» ammise Virginia con un sospiro. «Ma Dash vuole Merlino fuori dai giochi, e io sono stata ben felice di aiutarla, considerando i trascorsi tra di lui e la mia maga.»

Quindi tutto questo era accaduto perché quel casanova del mio gatto aveva spezzato il cuore alla micia sbagliata. *Accidenti!*

«La gente si innamora e si lascia in continuazione… e anche i gatti!» obiettai. «Non è che li si uccida per questo.»

«Oh, di quello non me ne importa niente. Anche se l'incessante piagnisteo di Luna per quell'orrendo sacco di pulci mi ha dato parecchio sui nervi.»

«Allora cosa avete intenzione di fare?»

«La magia è instabile, lo sapevi? Più ce n'è in una certa zona, più è probabile che provochi reazioni indesiderate. Quando Merlino ti ha presa come famiglio, Luna ha dovuto cedere parte della propria magia per proteggere Eldelberry Heights. E io, invece, non vedo alcun motivo per cui chiunque di noi debba privarsi del livello di potere a cui è abituato. Così, quando la mia socia, qui, mi ha proposto un piano per liberarmi di voi due, ho accettato con gran piacere di fare la mia parte.»

«Ma anche se vi liberaste di me, cosa impedirà a Merlino di trovarsi un altro famiglio?»

Virginia piegò la testa e scoppiò in una profonda risata: «Non sai proprio nulla di come funziona il mondo magico, eh? Dopo l'iniziazione di un famiglio, è praticamente impossibile che un mago possa procurarsene un altro. Non dopo quell'assurdo pasticcio tra i due Merlino e Artù secoli fa. E senza il suo famiglio al proprio fianco, il *nostro* Merlino non potrà più praticare legalmente la magia. I grandi capi lo sbatterebbero dentro così in fretta che non avrebbe nemmeno il tempo di sbattere le palpebre!»

«Basta così!» gridò Dash alle mie spalle. «Sta solo menando il can per l'aia nella speranza che il suo stupido micetto venga a salvarla. Smettiamola di perdere tempo! Portiamo a termine ciò che abbiamo iniziato.»

22

Appena ebbe pronunciato quelle parole, l'agente Dash entrò finalmente nel mio campo visivo. Aveva lo stesso aspetto di sempre, eccetto per quegli occhi verdissimi. Come i miei, come quelli di Virginia, come quelli di chiunque entrava in contatto con la magia.

«Non sei una vera poliziotta!» sbottai.

«Oh, ma davvero? E da cosa l'avresti capito?» Il falso agente Dash scoppiò in una risata crudele, poi sollevò entrambe le mani e schioccò le dita sopra la testa.

L'aria intorno a lei si increspò, rilucendo di un lieve bagliore verde mentre si trasformava da poliziotta dall'espressione sardonica in grossa gatta nera dalla coda sghemba.

Io e Virginia sussultammo.

«Sei una maga!» gridò lei, puntando un dito accusatorio contro la sua complice. «Per tutto questo tempo mi hai detto di essere anche tu un famiglio. Che eri stufa di come stanno le cose.»

La gatta nera sorrise con aria diabolica: «Mia carissima Virginia, una delle due cose che hai detto è vera. Mentre l'altra... Beh, è stato così facile farti cadere nel mio tranello, mi ha dato una grande soddisfazione. Ma ora che hai portato a termine il tuo compito non ho più nessun bisogno di te!»

Dash in versione felina schioccò la lingua e il volto di Virginia si trasformò in una maschera di terrore. La sua bocca si spalancò in un grido muto, mentre sbatteva disperatamente i piedi sotto di sé fluttuando a mezzo metro da terra.

«Che cosa le hai fatto?» chiesi, lottando ancora più strenuamente per liberarmi. Non riuscivo a staccare gli occhi da Virginia, terrorizzata all'idea di finire come lei. Perché non gridava? Sarebbe stato più facile da affrontare se avesse gridato.

Dash sfoderò gli artigli e rimase a fissarli, pensierosa: «Che ti importa? Ha ucciso il tuo capo e ha cercato di far ricadere la colpa su di te per farti finire in galera.»

«Sappiamo entrambe che sei stata tu ad architettare tutto. Lei ha solo eseguito i tuoi ordini. Era solo una tua pedina» gridai. Ci trovavamo in un quartiere piuttosto frequentato. Forse, se avessi gridato abbastanza forte, uno dei vicini mi avrebbe sentita e sarebbe giunto in mio soccorso.

«Scommetto che non le hai neanche mai detto perché vuoi mettere fuori gioco Merlino» balbettai, mentre lei continuava a fissarsi gli artigli senza dare il minimo peso alle mie accuse.

«Virginia aveva i suoi sciocchi motivi per fare ciò che ha fatto. Non aveva bisogno di conoscere le mie ragioni.»

«Dille a me!» pretesi, scalciando per apparire più minacciosa. «Merito di sapere almeno questo.»

«Tu non meriti niente!» sibilò Dash. «E non otterrai niente, se non il destino che ho in serbo per te!»

Detto questo, si sporse verso di me. Ma anziché investirmi con una scarica di magia, mi ferì la guancia con un artiglio. Il dolore sordo alle spalle svaporò all'istante, in confronto a quel male penetrante. Gridai dal male, ma il movimento dei muscoli facciali non fece che peggiorare le cose. Una goccia di sangue fresco mi colò lungo la guancia e cadde sulla camicetta lasciandovi una brutta macchia rossa.

Dash ignorò i miei lamenti; fluttuò a terra osservandosi gli artigli macchiati di sangue, gli occhi verdi spalancati per lo stupore: «*Caspita!* Beh, questo spiega molte cose.»

«Quali cose? Cosa sta succedendo? Perché mi stai facendo questo?» chiesi indietreggiando contro l'albero, cosa che sembrò soddisfare la malvagia gatta nera.

Lei prese a camminare avanti e indietro per qualche istante, prima di rivolgersi di nuovo a me: «Quella pettegola della mia complice ti ha già detto anche più del necessario, ma c'è ancora una cosa che voglio che tu sappia.»

Dash lanciò un'occhiata alle proprie spalle e indicò Virginia, ancora intrappolata in un muto tormento: «Guardala. Sta vivendo il suo incubo peggiore.»

La gelida maschera di terrore sul viso della donna mi confermava che Dash aveva detto la verità.

Rabbrividii, detestando il fatto che la verità fosse più spaventosa di una menzogna. Cos'altro mi avrebbe rivelato Dash? «Di che si tratta?» balbettai cercando di trovare le parole. Avrei fatto qualsiasi cosa per farla continuare a parlare. «Ragni? Clown? Grandi squali bianchi?»

Dash sorrise: «Questa è la vera bellezza delle illusioni magiche: non ho bisogno di saperlo. È la magia a trovare le paure, i desideri; trova tutto ciò che mi occorre e vi si lega. Virginia era una sciocca, ma è stato ancora più facile convincerla ad assecondarmi quando la mia magia ha sondato il suo cuore e trovato quello che mi serviva.»

«Sei una maga dell'illusione?» sussultai. Non sapevo esattamente cosa significasse, ma sembrava spaventoso.

Dash sorrise di nuovo: «La più forte che sia mai esistita.»

«So perché Virginia voleva liberarsi di Merlino, ma tu che motivi hai?» Iniziavo a desiderare che Dash tornasse a essere la poliziotta scontrosa. Questa nuova versione felina era di gran lunga più terrificante.

Scosse il capo: «*Ah, ah, ah!* Non ho nessun bisogno di rivelare i miei piani a quelli come te. Ti ho detto cosa sta accadendo a Virginia solo perché che tu sappia cosa sta per succederti e lo tema ancora di più.»

Incontrai il suo sguardo: non avevo più intenzione di restarmene lì tremante di paura: «Non riuscirai a—»

Ma Dash mi interruppe schioccando rumorosamente la lingua due volte. Immediatamente il mondo scomparve, lasciandomi intrappolata in un mare nero senza fine.

Noooooooo!

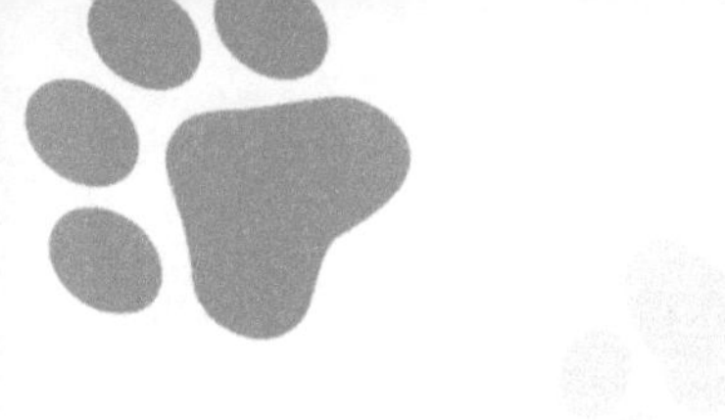

23

«C'è qualcuno?» gridai nel vuoto riecheggiante. Ma nessuno mi rispose. Inquieta, feci qualche passo in avanti, ma non riuscivo a percepire il terreno sotto i piedi. Non riuscivo a sentire nulla, nemmeno la stretta del metallo freddo intorno ai polsi.

Una scintilla di luce apparve all'orizzonte, e io mi affrettai a raggiungerla, desiderosa di andarmene da quel luogo buio. Nonostante non percepissi le manette contro la pelle, non riuscivo a spostare le braccia da dietro la schiena, così finii per camminare goffamente anziché correre verso la meta.

Mentre mi avvicinavo, la minuscola luce prese a pulsare e a espandersi e ne uscì Merlino, in tutto il suo splendore di Maine Coon. Ma anziché del consueto verde, i suoi occhi erano neri come la pece, spenti e inanimati.

«Non ti ho scelta. Sono stato costretto ad accontentarmi di te» sogghignò, affrontando di petto la mia paura segreta.

«No, no. Non è vero!» dissi ricordando la nostra conversazione. Non ero stata la sua prima scelta, ma era felice che ora ci fossi io al suo fianco.

«Stai mentendo!» gridai.

A quelle parole il finto Merlino si dissolse in uno sbuffo di fumo e fluttuò via nell'oscurità.

«Era solo un'illusione» mi dissi. «Soltanto un'illusione.»

Avevo smascherato l'impostore e la sua bugia, e lui era scomparso. Dovevo solo ricordarmi di cercare la verità. Forse così sarei riuscita a fuggire da quel luogo orribile.

Un'altra pallida scintilla di luce comparve all'orizzonte; mi diressi verso di essa, preparandomi a ciò che avrei dovuto affrontare.

Comparve la sagoma di un uomo alto. Non riuscivo a scorgere il suo volto, ma lo riconobbi appena iniziò a parlare. *Harold.*

«Potrai anche non avermi ucciso con le tue mani, ma è colpa tua se sono morto» mi disse, furente.

Cosa avrei potuto rispondere? Non potevo negare

il mio ruolo in tutta quella faccenda. Quell'accusa era assolutamente vera.

Harold proseguì e a ogni sua parola il mio senso di colpa si faceva più grande e profondo.

«Ho sempre saputo che non valevi niente come dipendente. Non ti ho licenziata solo per bontà d'animo. E tu come mi hai ripagato?»

«Mi dispiace» mormorai mentre gli occhi mi si riempivano di lacrime, offuscandomi la vista. «Mi dispiace davvero moltissimo!»

«È un po' tardi per dispiacersi» mi sbeffeggiò. «E cosa succederà se uscirai viva da qui? Ucciderai anche il prossimo poveraccio che ti assumerà?»

«Io—» Mi si ruppe la voce. «Non volevo farlo. Mi dispiace moltissimo.»

«Non c'è nessuno a piangere per la mia morte ed è tutta colpa tua!» sbraitò furibondo.

«No» sussurrai sollevando la testa. «A tua figlia Kelley manchi moltissimo. Ha sempre desiderato avere la possibilità di conoscerti. E sta ancora cercando di capire che persona fossi, anche se non ci sei più, anche se sua madre era contraria. E io sto cercando di aiutarla. Le ho raccontato il poco che so. L'ho aiutata ad affrontare la madre...»

Fu allora che compresi.

«Non mi sei mai piaciuto molto» continuai,

cogliendo quell'opportunità per togliermi un peso dal petto. «Ma non volevo che morissi. E non è colpa mia se è successo. Sì, stavano cercando di incastrarmi, ma non ho scelto io di entrare a far parte del mondo magico. È stato lui a scegliere me. Mi dispiace moltissimo per ciò che ti è accaduto, Harold, ma non è stata colpa mia!»

Puf! La sua sagoma si trasformò in una nuvola di polvere nera e fu inghiottita nell'abisso.

«Ho smesso di mentire a me stessa!» gridai nell'oscurità sconfinata. «Puoi anche avermi intrappolata in un'illusione, ma io so chi sono davvero! Credo in me!»

L'agente Dash apparve davanti a me, sotto forma di un ologramma semitrasparente. Non nella sua nuova forma felina, ma con l'aspetto ormai familiare della poliziotta: «Credi di poter vincere in astuzia le mie illusioni?»

«So che sono in grado di farlo!» gridai desiderando di poterle assestare un pugno.

Lei iniziò a ridere piano, poi via via sempre più affannosamente. Poco dopo aveva il respiro ansante: «Stupida ragazzina! Questo non è un film a lieto fine dove la principessa deve solo credere in se stessa per sconfiggere un avversario molto più potente di lei. E tu non sei una principessa, non hai alcun potere e non vincerai!»

«E invece sì!» gridai all'ologramma, ma la sua risata si fece ancora più forte.

«E va bene. Dovrò passare alle cattive. Per me non è certo un problema. Alla fine capirai che non hai speranze!» Detto questo l'agente Dash scomparve, lasciandomi nella totale oscurità.

Feci qualche passo avanti, barcollando. Non ero disposta ad arrendermi. Avevo sconfitto le prime due illusioni. Potevo sconfiggerne altre. Potevo fuggire da quel luogo.

Camminai per quelli che mi sembrarono secoli, ma non comparve più nessuna luce e iniziai a essere stanca di cercare...

Sarebbe davvero finita così?

24

Anche il tempo era un'illusione in quella prigione mentale. Scorreva senza sosta e senza portare da nessuna pate. Sarei impazzita, o forse lo ero già. Inoltre, non potevo aiutare Merlino in alcun modo da quel luogo e ciò significava che presto si sarebbe trovato nelle grinfie della terribile Dash.

Non sapevo perché la maga oscura ce l'avesse tanto con noi, ma ora sapevo che non potevamo batterla. Era troppo potente.

Abbattuta, ma non ancora definitivamente sconfitta, chiusi gli occhi e cercai di visualizzare delle immagini per interrompere la monotonia di quel vuoto. Il sorriso di mia madre mentre ci truccavamo una di fianco all'altra davanti a quel vecchio specchio.

Nonna Grace che mi insegnava a ballare il walzer per il mio primo ballo scolastico. Perfino Merlino che mi parlava per la prima volta, facendomi scoprire il fascino e i pericoli di quel nuovo mondo.

«Mostrami la verità» lo udii dire nel ricordo. Poi aprì la bocca ed emise un soffio scintillante di magia. L'oscurità si accartocciò su se stessa e vidi il verde dell'erba, l'azzurro del cielo e il bagliore del sole.

No, non si trattava di un ricordo. Stava succedendo davvero, proprio in quel momento.

«Sapevo che sarebbe valsa la pena di impiegarci un po' di più per preparare il siero della verità» mi disse il mio gatto, strofinando la sua pelliccia morbida contro i miei polsi e liberandomi dalle manette.

«Che cosa sta succedendo?» gridò Virginia risvegliandosi dall'illusione e barcollando verso di noi.

«Non così in fretta!» disse Merlino. Colpì il terreno con le zampe posteriori e due piccoli tornadi si dissero verso di lei roteando vorticosamente. Quando la raggiunsero le circondarono il busto, intrappolandola.

Non avevo mai visto il mio gatto praticare una magia così potente e, ora che era accaduto, ero molto felice di averlo dalla mia parte.

«Come hai fatto a trovarmi?» gli chiesi, portando finalmente le braccia in avanti per alleviare il dolore alle spalle. Ora che ero sfuggita all'illusione sentivo di nuovo male ovunque.

«Facile» mi rivelò Merlino. Scalciò, fece apparire altri due vortici di vento e li diresse verso Dash. «Ho seguito il nostro legame. È come un'insegna luminosa.»

Vidi la gatta nera schivare agilmente le tempeste di vento sfrecciando selvaggiamente di lato.

«Concedimi un istante, per favore» disse il mio gatto impennandosi sulle zampe posteriori, per poi piombare violentemente con le anteriori a terra colpendo il terreno davanti a sé.

Una raffica di pezzi di ghiaccio affilati scese dal cielo formando una gabbia intorno a Dash, non dissimile a quella di spine e fiori che Luna aveva creato per intrappolare Merlino.

«Non riuscirai mai a sconfiggermi» sibilò Dash sbattendo contro le sbarre della sua prigione di ghiaccio.

«Parole grosse per una che è chiusa in gabbia» ribatté Merlino. «Perché hai rapito il mio famiglio? E quella cosa ci fa lì?»

Dash rizzò il pelo della schiena: «Io non ti devo—»

«Di' la verità» disse Merlino soffiandole addosso ciò che restava del vapore luccicante della pozione.

Caspita, il mio gatto era un mago e aveva il respiro magico di un drago. Ma avrei riflettuto più tardi su quanto fosse straordinaria quella situazione. Tipo, quando fossimo riusciti a uscirne vivi.

La gatta nera si sforzò di rimanere in silenzio, ma le parole uscirono ad una ad una, anche contro la sua volontà: «Sei... l'... unico... che... può... impedirmi... di... realizzare... il... mio... destino.» Enfatizzò il concetto con un lungo soffio furioso.

Merlino si avvicinò alla gabbia e si sedette appena fuori dalla portata di Dash: «Oh, allora il punto è una sciocca profezia? Strano, pensavo fossero bandite.»

«Non è una profezia. È una questione di *lignaggio*!»

Mentre Dash sussultava cercando di prendere fiato, Merlino inclinò la testa di lato con noncuranza: «E cosa avrebbe a che fare il lignaggio con tutto questo?»

«I miei antena—» Con un ultimo sussulto Dash si accasciò su un fianco emettendo un lungo ululato straziante. «Il mio segreto morirà oggi insieme a voi due!» gridò, ormai libera dall'incantesimo.

«Siamo spiacenti,» disse Merlino percorrendo il perimetro della gabbia, «ma non abbiamo intenzione di morire oggi. Vero, Gracy?»

Scossi il capo e borbottai: «Proprio no.»

Dash schioccò la lingua, si trasformò in un minuscolo insetto e volò fuori dalla gabbia senza il minimo sforzo. Si ritrasformò in gatto nero a mezz'aria e ricadde a terra con un tonfo inquietante.

«Bel trucchetto» disse Merlino sollevando la schiena e gonfiando la coda come le tipiche rappresentazioni dei gatti di Halloween. «Ma aspetta di vedere cosa so fare con un pizzico di elettricità statica!»

Il cielo si scurì e in lontananza rimbombò un tuono. Mi augurai che l'albero mi riparasse dal tremendo temporale in arrivo, o che il mio gatto riuscisse a controllarlo abbastanza da evitare di colpirmi con un fulmine.

«No! Fermati, Merlino!» gridò una roca voce femminile. Un lampo bianco entrò in scena frapponendosi tra i due maghi intenti a combattere. *Luna!*

Alla fine era arrivata e dubitavo che si sarebbe schierata dalla nostra parte. Merlino se la stava cavando bene contro Dash, ma non avrebbe avuto speranza di battere due maghe più esperte.

Sussurrai una preghiera per noi due, mentre li osservavo impotente dalle ombre proiettate dai grandi rami dell'albero. Speravo di aver accumulato dentro di me abbastanza magia, perché non c'era nient'altro che potessi fare per aiutare Merlino in quella lotta.

25

«Vi avevo detto di stare lontano da casa mia!» gridò Luna a me e a Merlino, scoccando sguardi furenti a entrambi. «Ora libera subito il mio famiglio!»

Merlino fissava dritto davanti a sé con gli occhi sgranati e obbedì all'istante alla maga della natura.

«No, Merlino. Non farlo!» gridai cercando di scuoterlo dall'incantesimo di cui era vittima.

«Devo fare ciò che dice Luna» mi disse con espressione vacua.

Oh oh, doveva essere per via della pozione che lei mi aveva costretto a fargli bere l'altro giorno! Ora l'effetto era evidente. Ricordai quanto mi fossi sentita impotente quando avevo cercato di sottrarmi all'ordine di versare la pozione nella sua ciotola o quando avevo tentato di avvertirlo la mattina precedente.

Non ero riuscita a evitare di fare come mi era stato ordinato, e ora sembrava che neanche Merlino ci riuscisse.

Accidenti, eravamo fritti!

Luna corse da Virginia e controllò che non fosse ferita: «Cosa sta succedendo?» le chiese.

«Non lo so» sospirò l'anziana donna.

«Bugiarda!» tuonò Dash, che appariva sconvolta, con gli occhi quasi fuori dalle orbite. Lanciò un'occhiata al cielo, poi emise quello schiocco che precedeva un incantesimo. Un miraggio prese forma davanti a noi.

In quell'immagine, luccicante e tremolante, Virginia era seduta a parlare con l'agente Dash: stavano mettendo a punto il piano per uccidere Harold e far ricadere la colpa su di me.

«Che ne sarà della tua maga?» chiedeva Dash a Virginia.

«Può anche morire, per quello che mi importa» dichiarava Virginia nel miraggio, ribollendo di rabbia.

Non riuscivo a scorgere Luna attraverso quella visione, ma la udii chiedere: «Davvero mi tradiresti?»

«L'ha già fatto» annunciò Dash, schioccando la lingua e facendo scomparire l'immagine. Non avrei saputo dire se ci avesse mostrato un'illusione o un ricordo, ma non faceva differenza: entrambe le possibilità erano ugualmente probabili, e ugualmente devastanti.

Luna agitò la coda ed emise un terribile lamento. L'imponente albero di magnolia alle mie spalle si sollevò da terra.

Virginia iniziò a correre, ma l'albero l'afferrò con uno dei propri rami, sollevandola da terra e impedendole di muoversi.

«Perché?» gridò Luna in lacrime, visibilmente affaticata dallo sforzo di controllare il gigantesco albero.

«Non mi hai lasciato altra scelta» ribatté Virginia. «Un tempo avevi a cuore la magia, ma poi sei stata così presa dai tuoi tormenti amorosi da non prestare più attenzione a ciò che conta davvero. Con il suo nuovo famiglio in prigione, Merlino non avrebbe più potuto praticare la magia, e tu avresti smesso di struggerti per lui e avresti ricominciato a concentrarti per accrescere il nostro potere.»

Luna abbassò gli occhi e l'albero scagliò Virginia in aria, poi la riprese al volo con i rami subito prima che si schiantasse a terra.

La miserabile gridò a pieni polmoni.

Luna tremava come una foglia, l'intero corpo

percorso dai brividi, ma non diede segni di cedimento: «Non il *nostro*. Il potere è solo mio. Lo è sempre stato. Tu non eri altro che una serva.»

«Io non penso a te in questi termini, per me sei molto di più» mi rassicurò Merlino mentre entrambi osservavamo la scena sbalorditi.

«Non meriti la magia che hai la fortuna di avere!» gridò Virginia alla sua maga.

Luna inclinò la testa di lato, nello sforzo di sostenere il peso dell'incantesimo: «Ah, è così?» chiese, facendo un cenno del capo verso l'immenso buco da cui l'albero era emerso.

Restammo tutti a osservare la magnolia che camminava sulle radici, ritornava nella sua posizione originaria e si fermava. Una volta che l'ebbe sistemato, Luna si scrollò la fatica di dosso e iniziò a correre. Virginia precipitò giù e, nell'istante in cui toccò terra, la gatta bianca le balzò sulle spalle sfoderando gli artigli.

«Ahia!» strillò Virginia, ma nessuno di noi provò pena per lei.

«Credi che io non meriti la mia magia?» chiese Luna. Ma non attese risposta: «Allora facciamo come dici tu! Rinuncio ufficialmente ai miei poteri e spezzo il legame che ci unisce!»

La terra tremò e Virginia cadde in ginocchio.

Luna balzò via un istante prima dell'impatto.

«Cosa sta succedendo?» strillò Virginia mentre la sua immagine sfarfallava e si faceva sfocata e una nuvola verde luccicante si sollevava dai loro corpi, creando una spessa nebbia attraverso cui era difficile vedere qualcosa.

«Non sono più una maga e tu non sei più il mio famiglio. La magia è libera!» dichiarò Luna.

«Noooooooo!» gridò Virginia inseguendo la nebbia che si allontanava e tentando di afferrarla avidamente, come se potesse trattenerla con le mani. Non riuscivo a vederla bene attraverso la nebbia magica, ma vedevo l'aria spostarsi e muoversi intorno a lei.

E se non riuscivo a vedere io, dubitavo che lei ci riuscisse a sua volta.

Lentamente la nebbia si condensò formando una spessa onda in movimento.

Virginia, concentrata sull'inseguimento, venne avvolta dall'onda, ma era così presa dal suo disperato tentativo di non perdere potere da non badare a dove si stesse dirigendo la magia.

Rimasi a osservare la scena con sgomento, mentre la donna sbatteva contro il muretto del pozzo che era stato il calderone di Luna e precipitava oltre il bordo senza riuscire a trovare appigli; scomparve nel buco oscuro, insieme all'onda di magia che faceva ritorno alla propria fonte.

Un istante dopo la magia era scomparsa e un forte scricchiolio si levò nell'aria.

«È morta» disse Merlino al mio fianco, senza traccia di rimpianto.

Scoppiai in lacrime, nella mia inutilità di creatura non dotata di poteri magici. Anche se aveva cercato di incastrarmi per omicidio e farmi finire in galera, Virginia era comunque una persona, un essere vivente.

E ora non restava più nulla di lei. E con Luna e Dash ancora in scena e pronte a combattere, la prossima potevo benissimo essere io.

26

Luna emise un terribile lamento e corse al pozzo, all'inseguimento del suo famiglio ormai perduto per sempre.

«Non volevo ucciderla, solo fermarla!» gridò fra le lacrime. «La smania di potere l'ha portata alla pazzia. Avrei dovuto effettuare la mia scelta con maggior cautela. È tutta colpa mia!»

«Non è colpa tua» dissi, ricordando la conversazione con il finto Harold nell'illusione di Dash. Anche se avevo svolto un ruolo nella sua morte, non era stata colpa mia.

Lo stesso valeva ora per Luna. Virginia aveva fatto le sue scelte: aveva tradito la sua maga e inseguito d'impulso il flusso di magia e questo l'aveva portata alla caduta fatale nel pozzo.

Finora avevo considerato Luna un nemico, ma lei era stata vittima di quegli eventi tanto quanto me e Merlino, e ne era rimasta ferita. In realtà ora provavo pena per la gatta bianca, mentre osservavo la sua figura slanciata. I suoi occhi, prima verdi, avevano già iniziato a sbiadire in un azzurro così chiaro da sembrare malaticcio.

Ciò mi fece tornare in mente, all'improvviso, che aveva rinunciato ai suoi poteri. Ora non poteva più farci del male. Non avrebbe potuto farlo mai più.

«Dov'è quell'altra?» gridò Merlino al mio fianco, colpendo il terreno con le zampe posteriori nel caso in cui fosse necessario evocare altri tornadi per proseguire la lotta.

Guardai lui, poi il giardino. Luna era seduta accanto al pozzo, in lacrime, ma la terribile Dash non si vedeva da nessuna parte.

«No! È fuggita» sbottai. A quanto pareva, il nostro vero nemico aveva sfruttato il momento di distrazione causato dalla nebbia magica per filare via indisturbata. E ciò mi portò a chiedermi se quella spessa nebbia fosse stata davvero causata dal legame magico spezzato o non si fosse trattato di un'illusione evocata da Dash.

«Codarda!» Merlino sputò per terra e arricciò le labbra per il disgusto.

«No, non lo è affatto.» Scossi il capo, desiderando che quell'affermazione fosse vera, ma sapendo che non era così. «Entrambi i suoi piani sono falliti, così ha battuto in ritirata. Tornerà quando avrà escogitato un nuovo piano, e sarà ancora più difficile sconfiggerla.»

«Merlino, mi dispiace così tanto» miagolò Luna dalla sua postazione sul bordo del vecchio pozzo di pietra.

Quando fu chiaro che avrebbe continuato quella specie di veglia funebre e non si sarebbe mossa da lì, io e Merlino la raggiungemmo.

Luna lo fissò con occhi spenti e addolorati: «Il mio famiglio ha cercato di distruggervi. Pensavo di rendermi utile quando ho spezzato il nostro legame magico, ma ho solo dato all'altra maga l'opportunità di fuggire.»

Anche se provavo pena per la gatta bianca e per la sua perdita, non riuscivo ancora a perdonarla del tutto: anche lei aveva svolto un ruolo in quella brutta storia.

«Hai preparato una pozione!» la accusai, riuscendo finalmente a pronunciare le parole che finora non ero riuscita a tirare fuori.

Ora che Luna non aveva più poteri, l'incantesimo che aveva lanciato era svanito. «Mi hai costretta a darla a Merlino, facendo in modo che non potessi avvertirlo.»

Luna spalancò gli occhi mentre Merlino indietreggiava e inarcava la schiena: «Luna! È la verità?» chiese.

La gatta bianca chinò il capo in silenzio, piena di vergogna.

«È tutto vero!» gridai torcendomi le mani. «Mi ha rapita e ha usato i miei capelli e il tuo pelo per preparare una pozione. Volevo dirtelo, Merlino. Ci ho provato così tante volte!»

«Va tutto bene, Gracy. Capisco bene che tu non ti sia potuta opporre all'incantesimo. Sei ancora molto inesperta, ma ti insegnerò a difenderti in modo che diventi più difficile per altri maghi poterti stregare. Andrà tutto bene.» Merlino aveva un tono quasi paterno in quel momento. Sarebbe potuto restare deluso per come erano andate le cose, ma mi voleva bene esattamente come prima.

Gli altri avevano ragione: il nostro legame era forte. Non soltanto quello magico, ma anche quello emotivo.

La tenerezza svanì dalla sua voce quando si rivolse di nuovo alla gatta: «Luna, perché lo hai fatto? Hai detto che non sapevi del complotto per imprigionare il mio famiglio prima che il nostro legame si rafforzasse a sufficienza, e ora vengo a sapere questo?»

Lei emise un sospiro tremante.

«Parla!» abbaiò Merlino, un suono veramente strano per un gatto.

Luna sussultò, saltò giù dal bordo del pozzo e premette un fianco contro di lui. Lo guardò, poi abbassò gli occhi come se si fosse scottata.

«Parla!» gridò Merlino ancora più forte.

La slanciata gatta bianca rivolse a me gli occhi chiari: «Non volevo fare del male a nessuno dei due. Quella era...» Continuò a parlare, ma a voce così bassa che non riuscii a sentirla.

«Era cosa?» chiesi, chinandomi in avanti nel tentativo di capire.

«Una pozione d'amore. Per far sì che Merlino si innamorasse di nuovo di me!» La voce di Luna si faceva più alta e forte a ogni parola.

Mi voltai a guardare Merlino: se ne stava immobile, gli occhi spalancati, senza neanche sbattere le palpebre, la bocca leggermente aperta.

«Ti amo, Merlino» proseguì Luna, facendo un passo avanti e fermandosi a pochi centimetri dal suo ex, che se ne stava lì sbalordito. «Ti ho sempre amato. Ho cercato con tutta me stessa di odiarti quando abbiamo scelto i nostri famigli. Conosco le leggi della nostra società. E tuttavia... dimenticarti era l'unico incantesimo che non riuscivo a lanciare.»

Fece una pausa; i loro sguardi si incrociarono e lei tentò di avvicinarsi ancora.

«Ho rinunciato ai miei poteri nella speranza di poter stare insieme a te. Ti proteggerò ogni singolo giorno della mia vita, anche senza l'aiuto della magia. Ti amerò per sempre, qualunque cosa accada. E tu mi ami?»

Trattenni il fiato mentre entrambe attendevamo la risposta di Merlino... Sinceramente non sapevo cosa aspettarmi.

27

l Maine Coon, provato dalla battaglia, fece un passo indietro, poi un altro.

Luna gli aveva aperto il suo cuore, ma lui sembrava in cerca di una via di fuga. Volevo bene al mio gatto, però una parte di me giurava che l'avrebbe ucciso se intendeva davvero spezzarle il cuore una seconda volta.

È vero, Luna mi aveva rapita, ma ora che sapevo perché l'aveva fatto, provavo tenerezza per lei. Inoltre, aveva rinunciato ai suoi poteri nella speranza che lui ricambiasse i suoi sentimenti, proprio come una vera eroina romantica. A condizione che il suo affetto non fosse corrisposto.

Avanti, Merlino! Dille che l'ami, grosso idiota peloso!

Merlino fece un altro passo indietro, poi si voltò nella direzione opposta.

E iniziò a correre.

Correva più velocemente di quanto non l'avessi mai visto fare. Si muoveva velocissimo, il corpo tenuto basso, correndo a zig-zag e poi schizzando dalla parte opposta.

«*MIAAAOOOAAAOOOAAAOOO!*» gridò, come se fosse posseduto. Aveva la coda gonfissima e ansimava forte, ma continuò a correre, miagolare e correre ancora.

«Mi dispiace molto» dissi a Luna, mentre osservavamo quel bizzarro spettacolo.

«Perché ti dispiace? Mi ama anche lui! Mi ama così tanto che gli è venuta la mattana!» Luna guardava l'esultanza di Merlino con quella particolare meraviglia di chi è molto innamorato.

Scoppiai a ridere per il sollievo e la gioia: «È di questo che si tratta? Ha la mattana?»

Merlino rallentò la corsa e tornò da noi. Ignorandomi, mantenne gli occhi incollati a quelli di Luna mentre si avvicinava, poi li chiuse stretti e strofinò il muso contro quello di lei.

Entrambi iniziarono a fare forti fusa senza smettere di leccarsi e strusciarsi l'uno contro l'altra. In tutta onestà, quella scena mi metteva un po' a disagio. E mi portò anche a chiedermi se il nostro futuro avrebbe incluso una cucciolata di gattini magici.

Quando infine decisero di riprendere fiato, Merlino gemette: «Oh, Luna. Non avevi bisogno di lanciarmi un incantesimo. Non ho mai smesso di amarti, nemmeno per un istante.»

Mi schiarii la gola, consapevole che, se non avessi parlato ora, mi sarei ritrovata ad assistere a un'altra sessione di manifestazioni d'affetto pubbliche: «Ehm, ragazzi. Sono davvero felice per voi e per il vostro amore ritrovato, ma abbiamo ancora dei problemi da affrontare.»

«Che senso del dovere!» scherzò Luna. «Sembra che tu abbia scelto il tuo famiglio molto meglio di quanto abbia fatto io.» Lanciò un rapido sguardo al pozzo e sospirò.

Merlino si mise al suo fianco, premendo il proprio corpo contro quello di lei. Anche se lei era alta e slanciata, il folto pelo marrone a strisce faceva apparire Merlino ancora più grosso. In effetti, metà del corpo di Luna sembrava sparire in quella voluminosa morbidezza magica.

Entrambi mi guardarono con attenzione e immaginai che fosse il loro modo di darmi il permesso di dire ciò che pensavo.

Così proseguii: «Harold è stato assassinato e io sono ancora fra i sospettati, suppongo.»

«Supponi?» chiese Merlino.

«Beh, era l'agente Dash a occuparsi dell'indagine e, a quanto pare, non era una vera poliziotta. Quindi non sono sicura di come stiano le cose, ora.» Mi morsi il labbro, in attesa di sentire cosa ne pensavano.

«La maga dell'illusione?» chiese Luna, e io annuii. Avrei accettato risposte da qualunque gatto fosse stato disposto a fornirmene.

«Non resterà da queste parti, considerando quanto sarebbe facile trovarla» mi rassicurò Luna. «Inoltre, ora il tuo legame con Merlino è inscindibile: lui riuscirebbe a trovarti e verrebbe a salvarti ovunque.»

«Quindi l'indagine è acqua passata?»

«Non c'è mai stata una vera indagine. Dash ha montato tutta la storia» concluse Merlino con un sorriso compiaciuto.

Ma io mi sentivo ancora a disagio: «Come fai a saperlo?»

«Perché ho visto il corpo, ricordi? Io sono un mago e posso dire con certezza che Harold è stato ucciso con la magia, ma a un normale osservatore umano sembrerà che sia morto per un attacco di cuore.»

Scossi il capo. Volevo fidarmi delle sue parole, ma dovevo esserne del tutto sicura: «Non capisco. Come pensava Dash di farmi accusare, se la morte sembra naturale?»

«Non conosciamo le sue motivazioni, ma è una maga dell'illusione, perciò avrebbe avuto molti modi per riuscirci» spiegò Luna, mentre Merlino faceva le fusa al suo fianco. «Avrebbe potuto spacciarsi per guardia carceraria, fabbricare prove false, farti credere di essere stata arrestata dagli umani e rinchiuderti in una cella magica. La buona notizia è che non tenterà la stessa strategia una seconda volta, quindi per ora puoi smettere di preoccuparti di lei.»

Sospirai: «Come faccio a smettere di preoccuparmi, sapendo che prima o poi tornerà?»

«A questo penseremo in futuro» mi disse Luna. «Ora godiamoci il momento. Pensiamo solo al nostro amore.»

Per la miseria! Alzai gli occhi al cielo, ma i due piccioncini non sembrarono farci caso, o forse non gli importava.

Mi sentivo lo stesso malissimo: «Ok, sono fuori dai guai, ma un innocente è stato ucciso.»

«È una cosa molto triste, ma purtroppo non possiamo fare niente per lui» mi disse Merlino.

«Per lui no. Ma per qualcun altro sì. Mi è venuta un'idea...»

28

Quando il confronto giunse ufficialmente al termine, Merlino ci teletrasportò tutti e tre a casa.

Prima o poi avrei dovuto recuperare la mia auto, posto che non l'avessero portata via in mia assenza, ma per il momento tutto ciò di cui avevo bisogno erano un paio di antidolorifici e del tempo per restarmene a oziare sul divano.

Indossai il mio pigiama preferito e mi distesi sul sofà con il tablet, pronta per un'abbuffata di quella nuova serie di Netflix di cui parlavano tutti. Purtroppo Merlino mi balzò sul petto, bloccandomi la visuale, ancora prima della fine dei titoli di apertura.

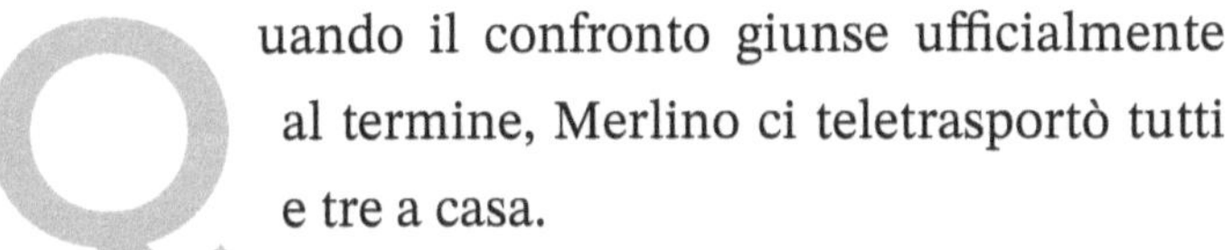

«Ho chiesto a Luna di venire a stare da noi e lei ha accettato» mi informò con fusa roboanti.

Beh, avrebbe dovuto prima chiedermelo, ma avevo già capito che Luna non aveva nessun altro posto dove andare. E anche se, per ora, non avevo ancora vissuto un grande amore, capivo che era questo che c'era fra loro. Volevo che stessero insieme e fossero felici, anche se ciò significava avere una nuova coinquilina.

«Congratulazioni» dissi con un sorriso assonnato.

Merlino annuì: «Grazie. Volevo solo dirtelo. Sapere se per te va bene.»

Mentre mi godevo il programma, Merlino fece fare a Luna il tour della casa, che non era poi granché, considerando le piccole dimensioni e i mobili fuori moda del mio appartamento. Ciò nonostante, di tanto in tanto la sentivo lanciare urletti deliziati per cose come le tende della doccia, la macchina da caffè o la lettiera. Ok, la macchina da caffè era notevole, ma il resto? Speravo che preferisse lo stile antiquato della casa di mia nonna alle stampe floreali che tappezzavano ogni centimetro del cottage di Virginia.

A metà del terzo episodio la gattaiola si aprì e si richiuse con un fruscio. Immaginai che i piccioncini fossero usciti per una passeggiata nei dintorni, ma un attimo dopo Luna saltò sul tavolino da caffè e attese che mettessi in pausa prima di iniziare a parlare: «Ho mandato Merlino a fare un giretto» disse sistemandosi in una posizione più comoda. «Così noi ragazze possiamo fare due chiacchiere.»

Mi rizzai a sedere dando dei colpetti sul divano al mio fianco: «Cosa volevi dirmi?»

Luna mi raggiunse con un salto e trasse un rapido respiro prima di lanciarsi in quello che sembrava un discorso che si era preparata: «All'inizio non ero sicura che tu fossi all'altezza del mio adorato Merlino. Per questo ti ho dato del filo da torcere. Ma oggi ti sei dimostrata più che all'altezza. Sei stata molto coraggiosa, ma soprattutto gli sei stata accanto in una situazione spaventosa. Non sei fuggita, non lo hai abbandonato. Mi sbagliavo sul tuo conto e voglio chiederti scusa.»

Sbattei lentamente le palpebre mentre assimilavo l'importanza di quelle parole: «Certo che gli sono stata accanto. È il mio gatto. E ora che vivi con noi, anche tu potrai contare su di me.»

Luna iniziò a fare le fusa: «Per una volta, sarebbe bello avere un umano che mi ama. Virginia amava solo il mio potere. Avrei dovuto prestare maggior attenzione alla scelta, ma ero ferita e distratta dall'idea che io e Merlino dovessimo porre fine al nostro rapporto per poter prendere posto a pieno titolo nel mondo magico.» Si fermò per un istante. «So che ci conosciamo da poco e che finora, ogni volta che ci siamo viste, le cose non sono andate nel verso giusto, ma Merlino si fida di te e questo per me è sufficiente. Ti voglio bene quanto te ne vuole lui.»

«Grazie, Luna» mormorai con dolcezza. «Significa molto per me.»

Lei mi strofinò il naso contro il viso in segno di affetto, ma io scattai indietro con un sibilo di dolore.

«Che succede?» mi chiese Luna, gli occhi color fiordaliso pieni di perplessità.

«Dash mi ha graffiata» dissi portandomi le dita al viso e sussultando di nuovo.

«Oh, no» gemette lei. «Io e Merlino eravamo così presi l'una dall'altro da non esserci occupati delle tue ferite. Appena tornerà ti preparerà un unguento per alleviare il dolore.»

«Sarebbe bello» ammisi, incapace di rifiutare una promessa d'aiuto.

«Hai male da qualche altra parte?» volle sapere Luna.

«Ho le spalle indolenzite per essere rimasta ammanettata a lungo, ma a parte questo Dash non mi ha neanche sfiorata. Eccetto per il graffio alla guancia. È stato tutto molto strano. Ha osservato il mio sangue e ha detto che quello spiegava molte cose. Cosa pensi che intendesse?»

Luna scosse il capo: «Non lo so. Di solito i maghi

delle illusioni non sono in grado di leggere il materiale biologico. Se Dash lo ha fatto, significa che è eccezionalmente potente.»

Rabbrividii a quel pensiero: «Beh, questo di certo non mi fa temere di meno il nostro prossimo scontro.»

«No.» Lo sguardo di Luna era perso in lontananza, come se vedesse qualcosa che io non riuscivo a scorgere. «Ma c'è un modo per scoprire ciò che ha visto.»

«Davvero?» Ora aveva tutta la mia attenzione.

«Merlino ti ha già parlato di Nocturna?»

Scossi il capo e quel movimento mi fece bruciare ancora di più il taglio sulla guancia.

«Ci si può arrivare solo di notte, ma lì molti dei nostri vivono allo scoperto» mi spiegò Luna quasi in un sussurro, come se il luogo stesso fosse sacro. «Possiamo portartici, trovare un mago del sangue e farci dire cosa vede.»

«Possiamo andarci stanotte?» chiesi, ricominciando a sperare.

«Non vedo perché no. Tuttavia, la decisione spetta a Merlino. Ora lui è l'unico di noi ad avere un passaporto magico.»

«Ok, allora glielo chiederò quando tornerà» dissi con un sorriso colmo di gratitudine.

«In realtà, cara, lascia fare a me. So esattamente come farmi dire di sì da lui.» Mi fece l'occhiolino e balzò via.

Feci una smorfia ma per fortuna riuscii a scacciare l'immagine mentale dei possibili metodi di persuasione di Luna. Avevo già abbastanza cose di cui preoccuparmi, grazie tante.

29

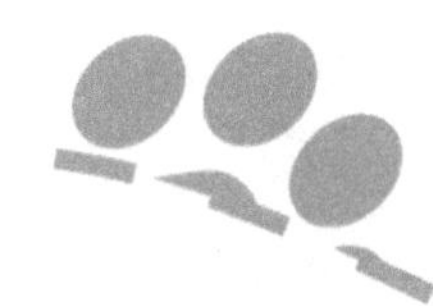

A quel punto non mi restava altro da fare che aspettare. Dovevo essere ben sveglia quella notte per recarmi a Nocturna, la città magica di cui mi aveva parlato Luna; ma prima di poterci andare c'era ancora una questione di cui volevo occuparmi quel giorno.

Dopo una breve conversazione con Merlino per accertarmi di poter fare davvero ciò che avevo progettato, inviai un messaggio a Kelley chiedendole di vederci. Lei mi invitò alla caffetteria per un'altra merenda a base di latte macchiato con zucca e spezie e pane alla banana con le noci.

Ci andai in auto e, quando giunsi al locale, la trovai indaffarata con la macchina per l'espresso. Un ampio sorriso le si dipinse in volto quando mi vide.

Corsi ad abbracciarla: «Sembri decisamente più in forma oggi. Significa che hai ricevuto buone notizie?»

Il suo sorriso si fece ancora più ampio: «L'avvocato di mio padre mi ha contattata proprio oggi per il testamento. Lui lo aveva modificato qualche settimana fa e mi ha lasciato tutto. Oh Gracy, mio padre mi voleva bene davvero, anche se non ha colto più di tanto l'opportunità di conoscermi meglio.»

La abbracciai di nuovo: «Oh, ho sempre saputo che ti voleva bene!» dissi felice, anche se in realtà non ne avevo idea. «Probabilmente voleva solo andarci piano per capire come gestire il vostro rapporto, immaginandosi di avere tutto il tempo per farlo.»

Ci incupimmo entrambe.

«Sono certa che tu abbia ragione» disse Kelley.

«Ho parlato con l'agente Dash oggi» rivelai. Questa sarebbe stata l'unica parte vera di ciò che le avrei detto, ma sapevo cosa aveva bisogno di sentirsi dire per andare avanti. «È venuto fuori che tuo padre non è stato assassinato. Ha avuto un attacco di cuore. Il medico legale che aveva ipotizzato l'avvelenamento è stato licenziato per il colossale errore.»

«Sono felice di sapere che non è stato assassinato,» disse Kelley, «ma sono comunque molto triste che non ci sia più.»

Finì di preparare il nostro latte macchiato e ci

accomodammo nel grande separé. Non avevo ancora messo in atto la parte più importante del mio piano, ma non potevo rimandare ancora a lungo o rischiavo di perdere il coraggio.

«Quindi cosa farai ora, Kelley? Tornerai in Ohio con tua madre?»

Lei scosse il capo: «No di certo! Voglio dire, perché dovrei ora che ho un'attività tutta mia da gestire?»

«Vuoi dire che...?»

«Sì! La caffetteria è mia. Ho in mente grandi cambiamenti, sia per il menù che per gli stipendi... sicuramente meritate di più di quanto guadagnate attualmente... ma manterrò il nome del locale in onore di papà.»

«È magnifico, Kelley! Sarai un ottimo capo. Non vedo l'ora di sentire tutte le tue idee!»

E, a quanto pareva, lei non vedeva l'ora di condividerle con me: «Potrei esportene qualcuna subito, se ti va. Per prima cosa, il latte macchiato con zucca e spezie non sarà più una specialità di stagione. Lo serviremo tutto l'anno. Inoltre—»

«Detesto interromperti, soprattutto perché l'idea mi piace moltissimo, ma c'è una cosa che devo sapere» dissi con il cuore che mi martellava nel petto.

Kelley mi guardò preoccupata.

«Non è niente di brutto» promisi.

«Di che si tratta?» volle sapere.

Presi la borsa e ne estrassi una bottiglietta vuota. Merlino mi aveva aiutata a preparare la pozione che gli avevo chiesto, anche se mi aveva detto più volte di pensarci bene. Ma io sapevo di aver preso la decisione giusta.

Tolsi il tappo alla bottiglia e la posizionai al centro del tavolo. Non accadde nulla. O almeno, così sarebbe sembrato a chi non sapeva che conteneva una pozione magica invisibile.

«Che stai facendo con quella bottiglia vuota?» mi chiese Kelley sollevando un sopracciglio.

«Non pensare a questa» dissi, aspettando che tornasse a guardare me.

Non ripresi a parlare finché non mi guardò negli occhi: «So che può sembrare una domanda strana, ma voglio che tu mi dica la prima risposta che ti viene in mente, ok?»

Kelley si strinse nelle spalle ma acconsentì: «Ok.»

«Se potessi esprimere un desiderio, davvero qualsiasi cosa, quale sarebbe?»

Lei sbuffò: «Qualcosa tipo il desiderio della fata madrina?»

«Una cosa del genere» risposi con un sorriso furtivo. «Non dire una cosa a caso. Prenditi un momento per pensarci se vuoi, ma non metterci troppo. Allora dimmi, qual è il tuo desiderio più grande?»

Un sorriso le attraversò il volto da un orecchio all'altro. «Beh, suppongo che—»

«Aspetta!» gridai afferrando la bottiglia e dandole una bella strizzata. «Prima fai un respiro profondo» le spiegai. Volevo accertarmi che la inalasse tutta.

Osservai Kelley inalare la pozione invisibile, aspettando con ansia di sentire cosa avrebbe detto.

Ma lei sapeva con esattezza cosa voleva: «Voglio onorare il lascito di mio padre rendendo l'Harold's House of Coffee la caffetteria di maggior successo mai esistita in questa città!» disse con espressione seria.

«Ci riuscirai» le promisi.

Alla fine avevo deciso di rinunciare all'incantesimo cambia-vita che spettava una volta sola a ogni famiglio. Merlino mi aveva detto che non avrei dovuto farlo, perché non avrebbe potuto preparare quella pozione una seconda volta. Non sarei più potuta diventare la nuova Lady Gaga o il nuovo re Artù o qualcun altro di famosissimo...

Ma Kelley ne aveva molto più bisogno di me e mi

sembrava giusto dare a lei la possibilità di esprimere il desiderio cambia-vita, considerando cosa aveva perso a causa mia.

Non potevo riportare in vita Harold, ma potevo prendermi cura di sua figlia in sua assenza—ed era esattamente ciò che avevo intenzione di fare.

30

uando tornai a casa mostrai ai gatti la bottiglietta vuota che avevo usato per donare a Kelley il mio desiderio.

«Sì, è andato» gemette Merlino rotolandosi teatralmente sul fianco. «Non posso credere che tu ci abbia rinunciato.»

«È una persona buona» gli disse Luna, strofinandosi contro la mia gamba e agitando la coda bianca e liscia. «Il mio famiglio ha finito per distruggersi per la sua sete di potere. Il tuo ha deciso di fare dono del proprio. Sei un mago fortunato.»

«Lo so» ammise Merlino ammiccando. «Anche se è un po' matta.»

«Quel che è fatto è fatto!» dissi con un'alzata di spalle. Prima che mi recassi da Kelley, Merlino mi aveva preparato una pozione antidolorifica che aveva funzionato sia per le spalle che per la guancia, così ora potevo muovermi senza problemi. «Ora concentriamoci su ciò che possiamo ancora sperare di cambiare.»

«Sei certa di essere pronta per fare il tuo primo ingresso a Nocturna?» mi chiese Merlino in tono brusco. «La prima visita può essere un'esperienza di un certo impatto, soprattutto per chi, come te, conosce da poco il mondo della magia.»

«Ne sono sicura» dissi stringendo le labbra in una linea rigida. «Preferisco sapere.»

«Il sole sta tramontando» disse Luna. Entrambe fissammo Merlino, in attesa che lui dicesse qualcosa.

«Allora andiamo» acconsentì il Maine Coon.

Lo seguimmo mentre si dirigeva lentamente verso la porta.

Uscì dalla gattaiola; Luna invece attese che io aprissi. «Ricordati che puoi farcela» mi rassicurò con un sorriso.

Trassi un profondo respiro e uscii nella luce del tramonto.

Merlino era già seduto sul bordo della vasca per uccelli: «Nel momento in cui il sole scomparirà all'orizzonte potremo utilizzare il calderone come portale per Nocturna. Ormai non dovrebbe mancare molto.»

«Come faccio a passarci io, lì dentro?» strillai osservando la piccola fontana di pietra.

«Con la magia, è ovvio!» rispose Luna ridendo, poi saltò sul bordo di fianco a Merlino.

«Fai un passo avanti» disse lui immergendosi nell'acqua e posando una zampa bagnata sulla fronte di Luna.

«Chinati» mi disse poi. Quando lo feci, immerse nuovamente la zampa nell'acqua e mi toccò la fronte: «Luna andrà per prima e io per ultimo, per accertarmi che niente vada storto.»

«Andare storto? Aspetta. Significa che è pericoloso?»

«Non preoccuparti, cara» mi disse Luna con dolcezza.

In lontananza il sole terminò la sua discesa. Il calderone prese a rispendere di un bagliore verde menta inghiottendo Luna.

«Accidenti, non voglio!» piagnucolai facendo un balzò indietro.

«Troppo tardi» disse Merlino, poi evocò una raffica di vento che mi fece finire dritto contro la vasca. Chiusi gli occhi preparandomi all'impatto e gridai, gridai e gridai ancora, finché non mi resi conto che non era successo assolutamente niente.

Quando riaprii gli occhi, mi trovai lungo un buio

sentiero di pietra. Entrambi i gatti erano al mio fianco. Gli edifici circostanti erano in stile bavarese, bianchi con travi scure.

Luna mi spinse in avanti: «A cosa stai pensando?»

«Sembra un posto uscito da una fiaba» dissi, già innamorata della pittoresca città magica.

«Questa zona è stata costruita all'epoca della massima popolarità dei fratelli Grimm. Tutti volevano vivere in luoghi con l'aspetto da villaggetto tedesco, e Nocturna non fa eccezione» mi spiegò orgogliosa.

«Dove sono gli abitanti?» chiesi.

«Si staranno svegliando, senza dubbio. Ricorda che noi gatti siamo tendenzialmente notturni» mi rammentò Luna, e ovviamente aveva ragione.

«Seguitemi» ordinò Merlino, e io e Luna ci accodammo a lui. Ci condusse a quello che sembrava un carro coperto, anche se non c'era nulla che potesse trainarlo.

«Abbiamo bisogno di una lettura» gridò Merlino dall'esterno.

Un istante dopo, la testa di un siamese flame point fece capolino dal carro. I suoi occhi si spalancarono alla vista di Merlino: «E che cosa offri in cambio?»

«Qualsiasi cosa eccetto i fulmini» rispose Merlino restando ben ritto in attesa.

«Che ne diresti di un temporale?» chiese il siamese avidamente.

«Affare fatto» rispose Merlino annuendo.

«Perfetto. Ora vediamo cosa abbiamo qui.»

Luna mi condusse al carro: «Avanti, siediti.»

«Ma Merlino non deve prima pagare?» le sussurrai.

«Hanno stipulato un contratto verbale vincolato dalla magia» mi spiegò. «Non preoccuparti, si occuperà lui di tutto.»

«Sarà doloroso?» chiesi al siamese che era balzato accanto a me sul sedile del carro.

Lui mi scoccò un'occhiataccia: «Non mi insultare. Per che razza di mago del sangue mi prendi?»

Rimasi in silenzio: era meglio non menzionare quanto mi avesse fatto male Dash quando mi aveva prelevato il sangue. Il siamese mi salì in grembo e mi appoggiò una zampa sul collo. Non sentii nessun dolore, ma quando la tolse ciascun artiglio aveva la punta macchiata di sangue e risplendeva contro il cielo notturno.

Si fissò la zampa sgranando gli occhi: «Incredibile!»

«Cosa? Di che si tratta?» chiese Merlino, che sembrava ancora più nervoso di quanto lo fossi io.

«È il tuo famiglio?» chiese il mago del sangue

fissando prima la propria zampa, poi me, poi di nuovo la zampa.

«Sì. Va tutto bene?»

«Benone!» canticchiò il siamese come se fosse pazzamente felice. «Il suo sangue è particolarmente potente. È una discendente del miglior famiglio della storia.»

«Artù?!» chiese Luna con un sussulto.

«Re Artù, il vero fedele compagno di Merlino il Grande» confermò il siamese.

«E tu sei un discendente di Merlino?» chiesi al mio gatto, ricordando ciò che mi aveva detto la prima volta che avevamo parlato.

Lui annuì, ma continuò a fissare dritto davanti a sé con sguardo assente.

«Cosa significa tutto questo?» chiesi debolmente, incerta su come reagire alla notizia.

«Significa che avete il legame più potente di qualunque mago e famiglio attualmente viventi» mi spiegò Luna con un sussurro affannato.

«Non c'è da meravigliarsi che il nostro legame si sia stabilizzato così in fretta» mormorò Merlino.

«Questo lo sapevamo già» puntualizzai.

«Sì» disse il siamese. «Ma dovrete essere molto cauti nel mantenere il segreto, perché saranno in molti a volervi separare.»

Annuii in silenzio, ancora sbigottita per quello che avevo appena scoperto.

Dash lo sapeva già...

E di sicuro sarebbe tornata.

Il prossimo libro della serie è ora disponibile!

Acquista la tua copia di *Merlino sconfigge un fantasma* e comincia subito a leggere...

MOLLY E I SUOI LIBRI

CHI È MOLLY FITZ

Tecnicamente, la scrittrice e autrice di best-seller Molly Fitz non è in grado di parlare con gli animali. Questo però non le impedisce di avere conversazioni serie e molto animate con i suoi tre assistenti-scrittori felini.

Molly vive in una sperduta regione selvaggia dell'Alaska insieme a suo bambina e lo zoo di famiglia. Di tanto in tanto, Molly si arrischia a uscire di casa, se c'è in vista un buon pranzetto o aroma di caffè... o, magari, per incontrare nuovi amici animali.

Scopri di più su Molly e sui suoi libri, e non dimenticarti di iscriverti alla newsletter su **www.raccontimiciosi.com**.

* * *

UN DETECTIVE CON LE VIBRISSE

Angie Russo si è messa in società con il primo gatto parlante investigatore di Blueberry Bay, Gattavius, che, insieme alla sua banda un po' sgangherata di aiutanti animali e umani, risolverà ogni mistero... a patto che questo non interferisca con le sue abitudini. Comincia con il primo libro della serie, ***Il segreto del gatto***.

LE AVVENTURE MAGICHE DI MERLINO

Gracy Springs non è una maga... ma il suo gatto, sì! Adesso, però, Gracy deve mantenere il segreto, altrimenti rischia di passare il resto della vita in una prigione magica. Grossi guai sembrano attenderli a ogni passo. Comincia con il primo libro della serie, ***Merlino sceglie un famiglio***.

... E TANTE ALTRE NOVITÀ IN ARRIVO!

* * *

CONNETTITI CON MOLLY

Se sei alla ricerca di una community di lettori stravaganti, che amano gli animali tanto quanto i libri, allora non c'è dubbio: saremo amici!

Segui **la mia pagina Facebook**: www.facebook.com/raccontimiciosi

Iscriviti alla mia **newsletter** e riceverai un pacchetto gratuito in formato digitale, tutte le ultime novità e aggiornamenti e, nelle occasioni speciali, omaggi pensati apposta per gli appassionati: www.raccontimiciosi.com/iscriviti

NOTE

CAPITOLO 1

1. *Elderberry* è la bacca di sambuco, ma *elder* significa anche più anziano, maggiore di età.

www.ingramcontent.com/pod-product-compliance
Lightning Source LLC
Chambersburg PA
CBHW050310110726
47899CB00007B/2190